KB272321

# 꽃보다 그림자

CHOI IN RAG POEMS

# 꽃보다 그림자

최인락 아홉 번째 시집

도서출판 명성서림

# 아홉 번째 시집을 내면서

꽃 선물에 감동받는 사람들
우주가 만든 신비일까
주고받는 이 모두 같은 마음이라
인간의 감성을 감동으로 이끄는 마력아

축소된 대자연의 아름다움을 제 한 몸에 담아
보는 이 가슴마다 기쁨을 안겨 줘
인간만 아는 감동 드라마일까
살며시 피어나는 여린 꽃송이 수줍어함에
제도 간지러운지 더 정이 가네

겸손에 가려진 그림자에
그 아름다움은 얼마큼 될까
대자연이 일군 지구촌 한가득 행복아
꽁꽁 언 어둔 땅속 천연색 향이 몇 리일까
제 치마 속 입 가려 웃고 있을
그 아름다움이 더욱 그립다

– 본문 "꽃보다 그림자" 전문

어느 날 지인께서 제 정원에 피어난 장미꽃이 하도 예뻐서 사진으로 찍어 봤는데 그 뒤에 비친 제 그림자가 더 예쁘다며 칭찬을 아끼지 않는다.

그 말을 듣고 보니 잘 가꾸어 그런지 뒤에 비친 꽃 그림자의 이목구비가 뚜렷한 모습이 잘생긴 여인 같다. 그러고 보니 그냥 예사롭게 보고 넘길 것이 아님을 알았다. 그 장미꽃을 피우기 위해 무한한 내공이 들었을 것을 생각하니 그 그림자가 더욱 아름답게 다가온다.

그림자 속에 우리가 모르는 자연이 겪은 온갖 사연들이 얼마나 저장되어 있을까 정말 궁금해진다.


대자연이 예쁜 작품을 만들어 세상에 내놓을 때는 얼마나 많은 노력들을 했을까. 그것도 꽁꽁 언 캄캄한 땅속에서 말이다.

빨강, 노랑, 분홍, 하얀 갖가지의 색깔들, 향기롭고 부드러운 모습들까지 이토록 강한 느낌들을 어떻게 만들었으며 이 아름다움을 천하에 발표하려는 지 모르겠다. 구경꾼들은 예쁜 꽃만 보고 그림자에 묻힌 그 수고로움을 어찌 알겠는가.

뒤에 비치는 그림자를 예사로이 보고 그냥 지나쳤으니 내면의 아름다움을 어찌 짐작 조차 했으리까 예쁜 꽃만 보고는 진짜는 못 보았으니 정말 안타깝다.

저 그림자 속에는 지난겨울 동안 자신을 완성시키기 위해 혹독한 내공으로 일궈낸 흔적들이 가득 담겨 있을 것, 저 검게 멍든 그림자를 모두 걷어 내면 숨겨진 비밀이 잘 드러날 수 있을까.

부드럽고 예쁜 모습들, 장미만이 갖는 특이한 향기를 날려 온 세상을 유혹하는 종합 예술의 보고寶庫일 것 저 꽃이 사라져 보이지 않는다 해도 제 열매를 위해 계속 응원하고 있을 것이다.

저 꽃들이 웃고 있는 것을 보면 마치 우리 인간들이 모여 즐겁게 놀고 있는 것 같고 꽃이 피고 지는 모습들이 꼭 우리 인생과 같아 보인다.

예쁜 꽃이 필 때는 아주 황홀했는데 시들할 때는 참으로 추잡하다. 사람도 늙어지면 저렇게 되는 것을 어찌 닮지 않았다고 말할 수 있겠나.

우리 인생도 경력이 화려할수록 늙어지면 전혀 다른 모습으로 변해지는 것을 우리는 누누이 보아왔다. 그래서 그런지 우리 인간은 오래전부터 꽃을 더 가까이하려고 화단을 꾸몄고 별도로 화분을 거실에 두어 꽃의 의미를 함께해 왔던 것 같다.

이렇듯 우리 인생사도 저 꽃과 같은 역사를 가지고 살

아간다. 누구나 태어날 때부터 절로 태어난 자 없고 우리 인생의 삶도 그냥 저절로 이루어지는 것 이 지구촌 어디에도 없다. 보이지 않는 주위의 도움으로 살아가고 있다는 사실을 다시 생각하게 된다.

이로써 사회를 내 이웃을 더욱 사랑해야 함은 분명하다. 이것이 곧 자연이 가르쳐 준 고마운 진리요 철학임을 절대로 잊어서는 안 된다.

"꽃보다 그림자" 우리 인간에게 주는 훌륭한 교훈으로 여기고 싶다.

2026. 3월 저자 최인락

2

세월은 신기해

**4**

미래의 먹거리는

6

산야는 어머님 품

# 1

## 긍정은 희망을 불러

# 고희의 미소

칠순은 무엇을 보았는지
안갯속에 어렴풋이 빛나는 그 무엇들
절친한 친구가 보인다
아무 부담 없이 다가오는 군상들
난세 다듬어온 우릴 더 괴롭힐 것 없는 일상

거짓도 다 사라진 투명한 속내뿐
누구 하나 꺼릴 것 없으니
이 얼마나 아름다운 세상인가
아픔 가정사도 쟁여 두면 피곤해
한갓 위선 속에 보낸 헛세월이 아까워라

고민 내던지니 모두 앞다투어 내놓네
이해理解 위로慰勞 하해河海가 모여있는 대우주
참신한 동지애가 여기에 있었어
모두 어린 꿈대로 평화만 먹는 아름다운 곳

# 꽃보다 그림자

꽃 선물에 감동받는 사람들
우주가 만든 신비일까
주고받는 이 모두 같은 마음이라
인간의 감성을 감동으로 이끄는 마력아

축소된 대자연의 아름다움을 제 한 몸에 담아
보는 이 가슴마다 기쁨을 안겨 줘
인간만 아는 감동 드라마일까
살며시 피어나는 여린 꽃송이 수줍어함에
제도 간지러운지 더 정이 가네

겸손에 가려진 그림자에
그 아름다움은 얼마큼 될까
대자연이 일군 지구촌 한가득 행복아
꽁꽁 언 어둔 땅속 천연색 향이 몇 리일까
제 치마 속 입 가려 웃고 있을
그 아름다움이 더욱 그립다

# 나는 무엇일까

깜깜한 먼 허공에 양팔 크게 벌려
내 작은 가슴으로 안아보는 큰 우주
이 넓은 세상 모두 내 것인가
내 나이는 어디 있나

차가운 어둠 속 무無의 세계
아무런 잡힘도 보임도 없는
그냥 검게 그을림 뿐인가
무엇이 무엇인지 통 모르겠어
여기에는 나도 없는 미아

이 검은 명상 속에
눈 감지 않아도 아주 맑고 깨끗해
내 세월은 어디에 있을까
무거운 죄업은
나도 없는 난 무엇일까

# 내 몰골아

오늘은 이발하는 날
관심 없이 지낸 이 얼굴엔
잔주름 더 늘어도 모르고
그 주름 속에 헛세월이 숨어서
자연인 만들어 흰 머리카락 가늘게 휘날리네

뒤돌아봄도
잠깐 쉬어감도 없는 저 무정한 헛세월
내 젊음 모두 다 앗아가고
그것도 모자랐던지
검은 주름 하얀 머리 흔들며 웃고 있어

반질하던 건강미는 어디에도 없고
하늘 본 이마는 더 빛나
점점 게으르러 져 가는 헛바람아
남은 세월은 어쩌고
새벽의 해는 날마다 새로운데

# 막내 결혼식 날

온 세상 축하공간에
평생소원 이루어 부모의 근심 벗고
조상님으로 물려받은 긴 바통
오늘 중대한 임무 건네는 인생길


이 뜻깊은 날
엄마는 지난날 숨겨온 눈물 못 참고
아버지는 차분히 짐 내리는 시간
기쁨보다 가벼워지는 어깨
저 어린것이 잘해 내겠지


이놈이 어른이 된다니
감개무량 해 도저히 숨길 수 없는 가슴아
지구도 가벼워 오니
내일은 어떤 새로운 해가 뜰까

# 맛집 대기 줄

음식이 얼마나 맛있길래
전국의 식객들이 군침을 흘릴까
소문난 집마다 식구들끼리 선 긴 줄
옆집 빈 식당은 어쩌나

입소문이 세워 놓은 긴 줄아
옛 음식이 그 음식이지 뭐가 달라
현대 미각으로 감동시켰을까
퇴색되어 가는 이 감각이 좋아할는지

기다림에 낭비하는 시간이 아까워라
과연 소문대로 보상이나 되어야 할 텐데
긴 시간에 지쳐가는 입맛
뭐든 와락 달려들 수밖에 없는 이 배고픔 믿고
서로 모여 합작품은 만들지 말아야 해

# 맨 발의 미소 1

거친 지각에 하얀 맨발로 걸어 본다
발밑에서 쿵쿵 지구 울리는 소리
걸을 때마다 머리도 같이 울려
난세에 덮어진 원시인 발자국인가

간밤에 땅 파해친 멧돼지 발자국
주인 잘 따르는 반려견
하늘을 걷는 저 새
그들은 언제나 맨발의 청춘이라
이들은 평생 아픔 없이 건강하거든

길바닥 자잘한 자갈길 밟으면
꼭꼭 찔러옴이 아픔인가 시원함인가
자갈이 주는 채벌에 죄업까지 씻긴다면
가벼워 훨훨 날아갈 것

# 맨 발의 미소 2

높은 등산로에 맨발
따가운 조각 돌길에는 까치발도 소용없어
기어가는 나무뿌리 위로 살살 걸으니
이제야 좀 살 것 같네
뿌리도 여기를 지나갔는데

준비 안 된 길 걷는다고
야단치는 발자국
찔리는 곳마다 엇박자 소리나
죄업들의 아픈 아우성인가
언제까지 이 죄업들이 시끄러울지

맨발을 청춘을 만나면 그냥 반가워
나 같은 아픔을 나누는 동족이라
무언으로도 그냥 위로가 되네
아무리 따가움이 설쳐대도
노독 죄업이 물러간다면 이 길은 천국이라

# 며느리 맞는 날

처음 맞이한 혼주
못할 것 같은 거대한 산 하나 넘어가니
어쩐지 남은 저 산은 작은 산이라
절로 넘어갈 것 같아
벅찬 가슴 뛰는 날 먼 산이 가까이 다가온다

온 세상은 축하 무대로 가득하고
하객은 제 일처럼 한뜻이라
가족들은 큰 행사에 묻혀
축하받는 줄도 모른다

짧은 시간 간결하면서도
모두 행복 전하는 마음들
인생철학 읽는 혼주 덕담에
모두 공감의 박수가 터지고
진작 축하 속 혼주는 어찌 되는 것인지 모른다

# 비우는 인생

인생의 깊이는 얼마나 될까
이제 남은 세월은
꿈 환상 그리움 죄업들로 꽉 차있어
모두 얽혀 내 세월을 다 갉아먹고 있었네

쌓인 죄업의 고통들이
작은 어깨를 무겁게 눌리고 있어
그 짐 어서 벗어버리고자
동갑네끼리 모여 헛바람 소리로 터뜨려 본다

목청껏 웃을 땐 온 세상이 뻥 뚫어져
어찌 된 것인지 아무것도 모르겠어
이렇게 개운해 짐에 남은 응어리 자꾸 토해본다
온 세상 참으로 맑고 깨끗해
원래 우리 인생이 이렇게 무한했던가

# 빈집 아니다

대문 앞 평상에 앉아 길손들 지켜보는 재미
늙어가는 세월엔 이것도 참 좋아
뒤 돌아보면 휑한 넓은 마당뿐
버림받은 지푸라기 바람 타고 제 세상이다

마당에 시멘트 바르기 잘했지
풀 때문에 바람도 놀지 못했을 것
먼지 일고 문이 덜커덩대도
집에 누가 있는 것 같아 심심하지 않거든

나 떠나면 누가 와서 놀지
대가족 살겠다고 4칸짜리 저택은 어쩌나
이제는 다 지나간 한숨뿐인가
지금 잘 노는 저 바람도 다시 올까

# 소원 이루는 날

막내가 제 둥지를 튼다네
철 모르는 자식이 이렇게 성장하여
든든한 소우주를 이뤄간다니
아직도 어린데

어렵게 지나온 험난한 길을
어떻게 여기까지 왔는지
터질 듯 벅차오르는 이 가슴
내 혼자 감당하기 어렵네

감동 삼킨 이 특보를
어디에 전해 같이 웃어 볼까
저 하늘도 알고 있는지 푸른 손짓
외치니 속이 확 트여와
눈물은 왜 자꾸 나는 걸까

# 속 비우는 날

오늘 흰 죽 두 끼로 힘없는 긴 하루
배고파 온갖 것 다 먹고 싶어
몰래 손이 갔다가 되돌려야 하는 양심과 싸움질
오늘따라 김장 고추 냄새가 이토록 맛있어 보일까

의사 시키는 대로 하려니 더 배고파와
굶는 자는 어떻게 살아갈까
어릴 적 도시락 없어 굶어도 봤는데
흰 죽은 허기 하나 쫓지 못하나

밤새 누적된 온갖 죄업 번뇌 다 씻으면
내일부터 올바른 사람이 될 것이라
새벽에 태변까지 비우는 인생 내공길
날 밝으니 해는 힘차게 솟아오르고
등 달아 날아갈 듯 가벼워지네
온 세상이 이렇게 맑고 편안할까

# 신발의 고심

진열장에 나란한 신발들아
한결같이 입 크게 벌린 채
제 주인 기다린 지 오래라
언제나 저렇게 헤벌레 입 벌리고 있으니
그 입 다물지 못해 바보들인가

누구나 한 발짝씩 넣어
총총 뛰어 보건만
칭찬도 할 줄 모르는 무정한 사람들
그저 쑤셔 넣고 빼는 발짓만
언제까지 저 많은 발들 다 먹어야 할지

저 발 냄새까지
다 먹어야 하는 이 기분을 너는 아니
나는 참 비위도 좋아
이러다가 세상 아무거나 다 먹어도 죄겠다

# 신선한 인생길

지구촌 수많은 생명한테
세월은 멋진 겉모양만 훔친다고
그 생각도 가져가는 줄 아나
헛바퀴 돌리는 얄미운 빈 세월아
내 청춘이나 어서 내놔라

어찌 인간만 퇴색시키는가
창문 열어 먼 산 바라보니
저 산 언제부터 솟고 있었는지 알고 있나
저렇게 느려서야 언제 하늘을 뚫겠어

인간 세월을 너무 닦달하지 마라
아직 남은 시간이 얼만지 몰라도
우리 세월 무상으로 먹어 놓고
그냥 모른 척하는가

# 어머님 생일상

추석 맞아 요양원 오 학년 어머님 뵈니
자식들 모두 알아보는 척척박사
미래 향해 더 밝아진 얼굴
깜깜한 침묵 깨고 헤쳐 나온 울 엄마

움직이지 못해 굳어 가는 삭신 붙들고
힘껏 쥐어 보이는 인생 주먹엔
우리 다섯 남매가 아직 들어 있어
이것저것 주워대는 근황에 어린 시절만 남아있고
여기가 어딘지는 몰라도
힘없이 흔들리는 촛불에도 자식 사랑은 영원해

당신 나이는 언제 잊었는지
어찌 제 생일만 똑똑히 기억하고 있을까
큰 어머니 제삿날과 겹쳐
그 날짜만 생생히 남아 있어
이 불효자식아 그래도 장남이라고
이런저런 이유로 내 생일상 한번 차렸느냐

# 여독餘毒 후

긴 세월 여독에 멍든 사람아
힘에 부쳐 해결 못 하고 흘려보낸 난제들
늘 걱정 속에 응어리진 무거움
말없이 흐르는 저 큰 먹구름도
몸이 무거우니 그냥 눈물로 쏟고 떠가는데

폭염 폭우가 우주를 데우고 뒤흔들어
흐려진 혼란을 아무리 조장해도
그때가 지나면 파란 생기가 돋아나는 것
너는 가고 나는 있는 건가

난세는 옛 청춘을 다 빼앗아 가고
쭈글진 빈 껍데기만 남았어
그래도 정신만은 건졌으니
깨끗해진 황야에다
신선한 새싹을 틔워보련다

# 옛 꿈을 찾아서

새벽잠 깨어보니
쨱쨱 옛 새소리 정겹게 들리고
동녘에 불그레 동틈도 옛 그대로라
나도 지금 그때에 와 있는가
어쩐지 온천지가 붉은 옛날로 시작하네

잔가지마다 총총히 앉은 새들
네 옷도 옛 그대로이고
이렇게 생명 소리에 귀가 따가운데
언제부터 주인 없어 버려둔 빈집이라 했나
그때나 지금이나 똑같은 걸

내 어린 시절 옛 꿈인가
이제 보니
흰머리에 늘어난 잔주름
쉰 목소리까지 스며 나오니
내 어린 꿈에 오염이라도 될까 겁나네

# 외로운 조각달

물결도 일지 않는 맑은 하늘에
여린 조각달 하나
노 젓는 이도 없이
홀로 삐닥이 걸어가

바람 없어 돛도 못 올리고
그냥 미끄러져 가는 게 참으로 신기해
길가 나뭇가지에 아스라이 스칠 때마다
걸리지 않고 잘도 빠져가건만

못 보고 지나치면
장애물에 걸려 보이지 않다가
나만 보면 마냥 웃으며 따라와
조각 달아 곧바로 서서 멋지게 걸어봐라
나 같이 외로워 말고

# 위로에 녹는 노독

바닷가 높은 전망대
온 세상이 우러러보는 무대에 올라
신선한 미래 향기에
쌓인 인생 노독이 절로 녹는다

죄업이 무겁게 뭉쳐진 멍울 자국에도
짭짤한 바다 향이 전신을 씻어가고
오직 가벼운 현실만 있는 이곳
오늘아 가지 마라
온 세상은 청춘 낭만만 살아

전신에 전해져 오는 짙푸른 전율에
우리 부부 그냥 할 말 잊은 채
큰 우주를 몇 바퀴나 돌았을까
이제 맑은 정신으로 돌아와 보니
가벼워진 두 어깨에 위로가 쌓인다

# 자유 영혼

거울 앞에 서면
언제나 깊은 심중까지 꿰뚫는 너
곧 벼락이라도 칠 듯 겁나
칠십 몰골은 자꾸 초라해져 가는데
어쩐지 마음만은 여유로워

언제부터 시 쓴다더니
어딜 가든 폰 수첩 꺼내는 습관 하나
가던 길 놓치는 날 제발 자빠지지는 마라
중증 환자라고 곁에서 심한 질타 해도
높이 뜬 신선한 시구詩句 찾으면 만족해

계절은 아무런 간섭받지 않아
제 옷 갈아입고 벗고 저리도 바쁜데
저 친구 애써 시구 찾아 뭣 하려는가
겨우 한 자 찾아 신비해 웃는 바보
더 찾으려 짙푸른 하늘 흔들어 댄다

# 친구의 미소

아픔이 같은 내 친구가 수술 중이다
마음 준비 안 된 난 어찌할 바 모르겠는데
친구 아픔이 곧 나인 것 같아 어째야 해
예고도 없이 그렇게 서두르는가
난 아무 도움도 못 되니

둥근 불빛 아래 두려움이 가득한 곳
세세한 것 다 알고 있다는
푸른 가운 진정한 의술
수 없이 번쩍거리는 날카로운 눈빛
완벽한 손놀림이 안심을 심어 간다

멀리 있어도
세계 최고의 의술만 믿는 것
소리 없는 파란 핀셋 대화로
우주를 몇 바퀴나 돌았을까
숨은 얼굴이 환하게 웃고 있어

# 허공의 고민

깜깜한 허공에
아무것도 없는 줄 알았더니
센 바람 부딪치는 쇠 소리나
고요한 우주 길 따라 길게 날아가는 고통인가

복잡한 세상사 벗어나려
무한정 달려가는 먼 우주길에
여기에도 세월은 흐르고 있겠지
인간이 저지른 죄업들은 다 어디에 있어

아무도 없는 망망한 이 허공에
세상의 눈 귀가 제 아무리 밝다 해도
꿈 하나 알아내지 못하는 이 시각에
혼미한 허공만 끙끙 그린다

# 헛 진주 따는 날

늦가을 선홍빛 긴 터널 속에
반짝이는 진주알이 주렁주렁
특수전정가위가 눈에 불 켜고
어둠을 헤쳐가며 차근차근 따 낸다

모니터 속 생방송 쇼
한 개 두 개 세어보는 환자야
정밀한 올가미로 훔칠 때마다
지구도 같이 움찔거리는 몸부림

헛 진주알이 풍년일지라도
한꺼번에 모두 수확 마라는 의술에
모두 열네 개 애써 땄어
한 개도 못 담는 그 빈손이 더 좋아


* 대장내시경 : 진주 영채병원에서 비수면 대장 내시경 (24.11.5일)

# 2

## 세월은 신기해

# 가야 고분군

산마루 곱슬곱슬한 부드러운 숨결 조용히 잠들어
천년 곡선미에 넘실대는 안정감 슬렁슬렁 넘고
풍성한 옛 가야의 역사로 조용해
저렇게 또 몇천 년을 가야 할 것

옛 조상님 조용한 숨소리에
벌써 온 세계가 주목하고
노천 박물관의 짙은 문화 향기 맡고
세상의 많은 눈길이 모여든다

바깥으로 풍기는 문화 살결 향
숨어 웃는 옛이야기 들려오는지
귀대고 깊은 울림을 듣는데
저 높은 하늘에서 조상님 기침 소리 들린다


* 고분군 : 경남 함안군 가야읍 도항라와 말산리에 형성된 옛 안라
  국(아라가야)의 왕릉군, 안라국 지배층들의 묘역으로 (사적 제515
  호, 2023년 9월 유네스코에 등재됨)

# 가야의 불꽃

하늘의 별들이 다 모여
한꺼번에 튀겨 우는 저 아우성
수많은 빨간 불꽃 씨앗아
아지랑이 꽃 춤추어 높이 흩어져가
인간의 모든 악업 태우는 몸부림아

얽히고설킨 수많은 사연들
마음속에 액운 응어리 남았는가
검은 티 하나 없는
백의민족 기본정신 담아라
허공에 나는 불꽃 씨앗마다 조상님 목소린가


* 함안 낙화놀이 : 경남 함안군에서 매년 5월에 1300년 전통 불꽃
  놀이로 액운을 물리치고 복을 기원한다

# 거울의 진실

넌 어찌 그렇게도 늙었나
웃을 때는 잔주름 물결로 따라 웃고
머리에 앉은 서릿발은
몇 개 안 남은 머리털 하나 둘 뽑아가나
저 맑은 하늘에 낯선 몰골이 멋쩍게 웃고 있어

이마는 훤칠한데
인생 연륜은 몇 가닥 있기나 한지
입가에 잔주름은 바람 없이 일렁이고
정수리에 오르지 못한 이마는 포기했는지
그저 말없이 하늘만 바라보네

칠순 어깨는 아직도 무거운가
젊은 정열 다 쏟아 놓고도 저러니
일궈진 주름마다 힘은 남아 있어
겁먹지 마시라
아무리 일그러진 거울이라도 진실만 알려 주거든

# 거짓말

뇌성 번개로 한밤중을
저녁 내 뒤흔들던 괴물 폭우
해 뜨자 그새 짙푸른 하늘로 멀쩡해
어찌 한 하늘에 두 얼굴인가
누가 봐도 지금 거짓말하고 있다

캄캄한 세상에 번쩍이던 그 긴 창칼
온 세상 다 뒤집으려 했던 그 공포
어찌 어제와 오늘이
이렇게 다를 수가 있나
어제 본 그 하늘이 정녕 맞는가

아무래도 믿기지 않는 하늘아
지금 이토록 맑고 깨끗함을 어떻게 설명할래
인간이 퍼뜨려 놓은 거짓말을
한꺼번에 쏟아부었는가
어두워지면 또 폭우로 쏟아질 것이 제

# 검은 세월아

허공은 언제나 뿌연 세상 갑갑함이 가득 해
짙푸른 바다야 그렇게 찡그리지 마라
그런다고 네 파도로 지울 순 없어
저 깊은 하늘 속엔 본색은 있는 것

갈매기야 울지 마라
푸른 파도야 화내지 마라
인간들 지은 죄업 하도 많아
온 세상이 검게 멍들어 모두가 아우성이네

검어진 세월아
중천의 해도 울며 가는데
한恨 속으로 몰린 먹구름아 너도 나
어쩌다가 그 눈물을 한꺼번에 쏟는 폭우가 됐나
죄 많은 내가 울어야 해

# 냉면 한 그릇

무더위도 지쳐 허기지는지
제 입맛에 맞는 음식은 없나
땀 없이 쉽게 먹을 것 찾는 저 얌생이
구슬땀 긴 더위에 쫓겨 줄도 못 서고
벌써 메밀 생각하네

매미도 더 이상 울지 않고
후끈거리는 마당에 연신 땀 닦는 먹쇠들
후루룩 빨아들일 면발 생각에
더위도 잊고 기다리는 긴 줄
간절한 목표 앞에선 모두가 얌전해지네

한창 열 오른 저 식당도
입 벌린 채 다물지 못하고 땀만 뻘뻘
먹쇠들 긴 면발줄을 서서히 빨아들인다
무엇이 냉면인지 더위인지
후루룩 소리에
기다려온 긴 시간이 그냥 넘어간다

# 달은 날 사랑할까

모두 잠든 한밤중에
환하게 웃고 있는 저 달은
잠도 없이 혼자서 노는가
아무리 가까이 다가가도
저만치에서 떨어져 웃고 있어

가까이 가고픈 이 마음은 바쁜데
도망가지도 않네
그냥 제 그림자만 쫓아야 하는 나는 뭔가
가다가 나도 모르게 그만 얼어붙는다

보고도 못 본 척
미소는 왜 던져
나는 좋아하면 안 되는가
벌써 제 마음 다 열어 놓고 왜 저럴까
오늘도 저 환한 얼굴 둥근 하트 하나

# 돌부처의 소망

무릎 다소곳이 세워
내 낭군 기다려온 지 몇 천년인가
다리 한번 펴보지 못한 채
그냥 돌로 굳어
모르는 사람들은 산마루의 돌부처라네

희뿌연 허공에는 어지럼이 계속 날고
세월 가도 어찌 맑아지지 않아
혼미는 소리 없이 머물고
날 위로해 줄 낭군은 소식 하나 없어

정상에서 하늘을 뚫어도
기약 없는 기다림인가
내 눈감으면 누가 이 자리 지킬까
꿈이라도 합장한 이 손 놓지 않을 것

# 무서운 하늘아

붉게 달아오른 노을에서
긴 창칼이 사정없이 대지를 내려치니
온 세상이 벌벌 떤다
극도로 흥분한 용의 눈
저토록 엄한 살기로 휘동 그리니
감히 누가 대적할까

세상이 어두운 것만큼
백성들이 혼란에 빠져들어 가
큰 목소리로 윽박지르는 놈
제 욕심 채우는 것
저 하늘이 다 보고 있다

백성들 보살피라 했는데
오히려 등살을 빼먹고 있어
응징의 긴 칼날이 널 향해 내려친다
붉은 노을 기미가 보일 때만 숨으면
네 죄가 없어질 줄 아나

# 무無의 세계

광활한 우주 속에 하얀 선 길게 긋는
보이지 않는 작은 비행기 하나
비좁은 기내 속 눈만 뜬 영혼들
무한한 허공엔 나는 어디쯤 떠 있나

티 하나 없는 이 망망한 허공에
못 푼 난제 가득 안은 몸뚱어리
여태껏 풀지 못한 짐만 잔뜩 지고
이 깜깜한 우주 공간 헤맨다
못난 이 죄인 받아 줄까

아무것도 보이지 않는
신선한 행복만 산다는 천국
아무리 외쳐봐도 내 작은 메아리는 없어
고요한 무無의 세계인가
그 속에 나는 있는가

# 무진정 연못에는

옛 가야의 무진정 연못
몇천 년 맑은 물에 노는 잉어
뻐끔뻐끔 선비 따라 글 읽고
긴 팔 늘어뜨려 열 학 열기 식혀 온 왕버들
평생 한자리에서 도 닦아 영특하구나

빈 속 검게 타 꼬부라진 허리춤에
천년 가지 위풍당당이 서서
천하를 호령할 때
잉어는 알아듣는데
무지한 사람들만 아무것도 모른다

검정 물잠자리야
맑은 물이라 너무 좋아 마라
선비들 글 읽다 말고 너랑 같이 놀까 겁나
그 옛날 천년이 지금이니
한순간에 지나간 짧은 열 학 열기
그렇게 호령하던 훈장은 없고 서책만 뿌옇다


* 무진정無盡亭 : 경남 함안군 함안면 괴산리 있는 정자로 조삼趙
  參 선생이 후진양성으로 여생을 보낸 곳

# 보금자리의 꿈

내 인생은 월세방만 전전할 줄 알았는데
20년 월급 아껴 피땀으로 일군 내 집
이젠 이사하지 않아도 될까
진절머리 나는 이삿짐아
이것이 꿈이 아닌 내 보금자리 맞는가

태풍 폭우 한파가 아무리 몰아쳐도
문 하나 닫으니 그만인 세상
이래서 사람들은 제 것이 좋다고 하는가
내 것이니 무조건 좋은 이 공간

그새 30년에 위층에서 소곤소곤 쿵쿵
아래층에서도 그 소리에 시끄럽다네
갑자기 화장실에 물이 샌다고 야단이다
위아래층 촌수도 없는 모두 한 가족이라
이젠 대식구 모여 사는 현대판 큰 대궐이라 좋구나

# 비슬산의 꿈

산중 대견사大見寺에 오르니
높은 산 진달래꽃 의젓한 자태들
세찬 바람에 제 비밀 가리지 못하고
겨드랑에 돋는 새싹은 그저 움츠리기 해


바위 정상에 까마귀 한 마리
제 구역 침범 말라고 계속 울어대고
벌써 자욱하게 번진 미세먼지는
기어가는 세월도 삼켰는지
못다 핀 꽃봉오리 시작도 못하고 지쳐간다


벌써 봄이 왔는데도 아직이니
냉기에 꽃 피우지 못한 죄인지
불심 자욱한 이곳에 추위만 설쳐대고
인간이 저지른 죄업들이 하도 많아
오늘도 고승 염불 소리만 높아가네


* 비슬산 : 대구시 달성군, 경북 청도군, 경남 창녕군에 걸쳐있는 거
  대한 산 (해발 1,083m)

# 빈 병의 여유

가만히 있어도 서서히 차오르는 빈 병
제도 그 공간이 얼마 남았는지
그날그날로 숨 쉬어가는 빈 병의 여정
비바람 폭염 폭우의 기성에도 버텨왔는데
저 헛세월이 자꾸 채워지고 있어

빨리 차오르니 숨 쉴 공간이나 있을지
한정된 공간에 못난 주름살 늘고
부질없는 헛된 꿈은 왜 있어
군살 빼는 순간 쓸데없는 잡생각이 드나
아 이럴 때 어째야 될까

이 빈 병에
미래 꿈 한 방울이면
언제나 멋진 인생일 것을
내 작아진 빈 병 끌어안고
지금도 그것으로 좋으니 헛꿈아 사라져라

# 생명은 하나

두꺼운 지각을 꼭꼭 덮어도
동장군이 아무리 매섭게 얼려도
봄 새싹은 어디서든 솟아나는 생명력
그 원동력은 어디서 나올까

많은 생명들 눈 뜨는 순간부터
짙푸른 하늘 보며
제 꿈 키워가는 대자연의 기수들
제 손으로 지구를 힘차게 돌린다

각자 맡은 수많은 숙제들
폭염 폭우 태풍이 아무리 어렵게 해도
스스로 잘 극복해 가는 자연의 지혜
모두 아름답게 살아가야 하는 생명들에
그 누구도 해코지 못 해

# 세월은 병자

꿈 잃은 자는 돈보다 세월 부자
백수의 연휴는 알량한 시간도 소용없고
치매는 회색 시간이 너무 길어 빌리려는 자 없네
지금은 많아도 모두 허상뿐
누구에게나 세월은 공평하다 했는가

목표가 바로 코앞에 있는 저 사람은
하루해가 금방 넘어가
몸이 둘이라도 모자라
늘 긴장 속 용변 볼 시간도 아까운데
이럴 땐 좀 천천히 가면 안 될까

누구나 여유는 찾으면 분명히 있는 것
흐르는 물도 소巢에서 잠시 머무는데
자투리 시간 모아 요긴하게 쓰려도
기어코 달아나는 무심한 세월아
전기도 충전해 쓰는데 넌 분명히 병자다

# 소나무의 탄흔

도저히 쓰러질 수 없는 소나무
내 몸의 깊은 상처는 조국의 영웅 표상
남모르게 아름다운 통증으로 운지 오래
매년 육이오 가 다가오는 날
내 키보다 더 큰 총을 불끈 쥐고 싶다

아무 잘못도 없는 백성에게
만신이 부서지도록 쏘아댄 탄흔들
이 큰 상처 안고 오늘도 이를 갈며 버텨가
비바람 부는 날은 통증하고 싸우는 날
평생 이 꾸부정한 몸은 백성들 위로로 받쳐 왔어

내 영웅 상처는 이대로 아물었지만
내 안의 고통은 더 커 가네
유월이 오면 또 그놈인가 싶어
조용히 세워둔 총 불끈 거머쥔다
이번엔 절대로 당하지 않을 것

# 옛 가야는

고운 빛 옛 가야의 성
빙 둘러앉은 울 어머님 버선코 능선
고분군 밑에서 소곤소곤
아직도 옛 가야 전설이 들린다

찬란했던 옛 가야는 어디서 숨 쉬나
빈 하늘로 덮어놓고 멍 해 있어
우리 선인들의 고운 품성인가
옛 우리 조상님 소식으로 가슴 따뜻하다

누가 아무 말 아니해도
옛 조상님들을 대할 수 있는 쾌거라
700년 전 아라홍련이
우리 곁에 와 단아하게 웃으며 전하고 있는 것을
그때 우리 조상님들의 인품을 본다


* 가야 : 삼국시대 한반도 남부에 존재했던 고대국가의 연맹체
* 아라홍련 : 가야문화재연구소가 성산산성에서 발굴한 아라홍련씨
　　를 2010. 7월에 개화시킨 생명력

# 젖니 가는 날

젖니가 흔들려
지구도 같이 흔들리는지 참 시끄럽다
겁에 질린 일곱 살 손녀야
뽑지 않겠다고 온 세상을 크게 흔들어

남의 손이 그렇게도 무섭나
네 손이 닿으면 괜찮다 더냐
생전 처음 겁에 질린 네 공포의 얼굴
뒷짐 진 제 아버지 손이 더 무서워

실을 감아 탱탱한 안심줄에
이마를 탁 치는 순간 술렁
그 무서운 공포가 쉽게 쏙 빠져
엄살만 구멍에 멍하고
정지되었던 지구가 그냥 돌아간다

# 죄인의 밤

무서운 캄캄한 밤하늘에
온갖 칼날 빛줄기들 이리저리 사정없이 긋고
죄지은 자 색출하는데
세상 모두가 죄 없는 척
그저 숨죽여 제 눈만 깜빡거린다

검은 밤하늘은 말이 없고
허공에 떠도는 온갖 죄업들 하나하나 들춰내
밤마다 주인에게 되돌려주는 윤리법 칼 예술
오늘 밤도 별들의 칼날은 엄하게 설쳐대
도망자부터 서서히 쫓는다

캄캄한 이 밤 모두가 깊이 잠들길 바라나
죄인만 다리 오므려 잠자는 것을
비구름 바람도 절대 펴지 못해
제 스스로 펴야 하는 죄인들아
모든 해업解業의 길은 네 양심에 있는 것

# 지하 일기

적진 속 말 타고 칼 휘둘렀던
그날이 언제였던가
전쟁터에서 목숨 내놓고
죽으라 적 제지하였던 장렬한 모습들
비 오는 날 지하에서 요동쳐

무궁화 언덕에서 잠시 창칼 내려놓을 때
부모님 전 안부 올리고
아직 끝나지 않은 오랜 전쟁터
그날로 멈춰져 울고 있어

적군이 한꺼번에 몰려오면
자욱한 먼지 일어나
일제히 대응하는 창칼 부딪치는 아우성인데
세상 밖에서 들려오는 저 이념 소리는
아직도 짐승들 울부짖는 소린가

# 철부지 칠순아

고희야 험난한 길 여기까지 참 잘 왔어
세상은 칠순 됨을 진심으로 축하한다
이제부터 어른 되는 길에 접어들었으니
어린 철부지부터 시작하시라

제 발로 걷는 동안만큼 부지런한 인생길
이런 순간을 어찌 그냥 보낼 수 있나
모임 소식 듣고 무조건 달려온 코흘리개들아
여기는 너나 예외 없는 초등학교 교정

임들이 모이는 곳마다 부담 없는 행복들
먹는 것마다 맛있고
보는 것마다 즐거워 다 웃지도 못하겠네
칠순이 따라주는 이 술맛은 김삿갓도 모를 것

# 해업의解業 길

늦은 봄눈 녹은 흙 뻘 구덩이 산길
등산가들 진흙 바짓가랑이로 무겁게 신고
미끄러움에 오르기 참으로 어렵네
정상 산길에 엉켜진 가시덤불은 발목을 붙들고
숨은 돌부리도 벌떡 일어나 사정없이 걷어찬다

정상은 바로 코앞인데 저기까지 언제가
구렁 능선 오리발 까치발도 안돼
죄 많은 인간들아 이것도 벌칙이라고
아무 소리 말고 빨리 걷기나 해라
못된 인간에게 내리는 단체 형벌

외줄로 늘어선 죄인들
한발 두발 조용히 줄지어 올라보니
금방 순해지는걸
털어도 더 달라붙는 무거운 이 죄 덩어리
고희에 찾은 조그만 해업解業이라도 됐으면

# 행복의 크기는

조그만 선행도 언제나 행복을 불러
온 세상을 기쁘게 하는 날
아무리 작아도 말할 수 없는 이 기쁨
이런 크기를 잴 수 있다면
얼굴 없는 천사의 가슴을 알 것 같은데

어려울 때 입은 은혜는 절대 못 잊겠는데
베푼 자의 기쁨은 하늘을 찌를 것
가슴 벅찬 선행 아무리 비우려 해도
하늘을 울린 긴 여운이라 어찌 지워질까

온 세상에 깔려있는
조그마한 마음 씀씀이도 소홀히 마라
주고받는 사이 우리의 아름다움은 더 커져가
그냥 몇 배로 넘쳐나는 이 기쁨을
해 보지 않고는 모르리

# 3

생명은 물에서

# 가로등의 늦잠

온 세상 고요히 잠든 시간
저 강둑 건너 줄지어 섰는 가로등불
목마른 저 파도는 아무리 달려도 그 자리
떠나버린 내 늦잠은 어디서 찾을까

잠 못 자고 그냥 흘려간 이 밤이 아까워
캄캄한 하늘에 하소연해도 아무 말 없고
붉은 눈 크게 뜨고 강물을 잘라 보건만
강물은 잠들고 긴 불기둥만 일렁여

야속한 이 밤
검은 강물 따라 야반도주라니
이 죄업 많은 놈
소원 하나 들어주지 못하고 어디로 가

# 강가의 무더위

해 떨어져도 이 무더위 식을 줄 몰라
너는 어찌 밤낮없이 찌는 찜통더윈가
이글대는 저 태양 눈만 살짝 감아도
한결 숨쉬기 편안할 건데

강가에 불어오는 물바람아
어찌 밀려드는 물결 한 줄도 없어
그냥 밋밋한 미운 물거울인가
오늘은 잘 뛰는 잉어도 없어

무더운 바람아 너라도 어찌해 봐라
흐르는 땀 자꾸 닦아도 끝없으니
구름 한 점 없는 저 뿌연 찜통 허공은
가마솥의 안개 인가
이러다간 저 강물도 금방 부글부글 끓겠어

# 강주 연못에는

물속 어린 연잎 하나둘
바깥세상이 하도 궁금하여
살며시 세상 바라보다
제도 모르게 활짝 핀 어린 이파리
아 이젠 저 하늘 안아도 되겠지

수면에 빈틈없이 덮어가는 이파리들
모두 제 영역 넓혀는 경쟁판인가
저 허공이 폭염을 아무리 뱉어도
내 발밑엔 시원한 청정수 웃고 있는데
저 폭염이 어찌 알까

바람아 자꾸 뒤집히려 하지 마라
이대로 입 벌려
저 무더위 다 마실 때까지
그냥 날 놔두시라


* 강주연못 : 경남 진주시 정촌면 예하리의 연못으로 여말 진주성을
  축조한 근원지로 알려진다

# 귀곡동 가는 길 1

귀곡동 가는 길가에
우거진 긴 숲길 눈물로 반겨오고
충충한 하늘도 따라 울어
진양호는 내 고향을 묻은 채 미안하여
언제나 고개 숙인 채 죄인이라

물속에 잠긴 내 마을 농토는 어디쯤일까
물어도 무심한 푸른 물결만 일렁일렁
지금도 닭 울고 개 짖는 소리 들리는데
웅성거리던 마을 사람들 다 어딜 갔어

마을 지키던 대나무 숲
물가에 앉은 채 반갑게 손 흔들어도
힘없어 얄밉고
혹 내 고향 소식 묻거든
이 마른 눈물이 나 닦아 주세요


* 귀곡동(貴谷洞) : 경남 진주시 귀곡동 1970년 남강댐 준공과 더불
  어 수몰된 지역

# 귀곡동 가는 길 2

주인 잃은 귀곡동 텅 빈 마을에
호반의 물결이 덮어 놓고
비 오고 사방이 어둑할 때는
뒷산 칡덩굴이 도깨비 눈으로
잔뜩 노려보는 날이라

오래도록 숨어 지낸 으슥한 숲길
떠나간 인적은 어디에도 없고
어디서 그 넋이 갑자기 고함치고
막 튀어나올 것 같은 귀곡동 울음아

물가에 지켜선 나무는 알겠지
저 큰 저수지 밑에 몇 마을이냐
시끄럽게 굴던 개 닭들은 다 어디로 가고
저 무심한 파도만 자꾸 꾸물꾸물 밀려오는가

# 대포항의 비밀

무더위가 저 넓은 바닷물 다 먹었는지
바닥에 훤하게 드러난 다 빠진 이빨 자국
어디서 땀 밴 짠 냄새 불어오고
시커먼 갯벌 바닥만 자꾸 넓어 간다

전어는 바다 깊은 곳으로
물 따라 도망갔는지 어디에도 없고
자잘한 참게는 제 잘못함도 없는데
그저 잽싸게 숨어들어

횟집 작은 바다에는
은빛 전어가 번쩍번쩍 칼을 휘둘러
시끄러운 인간 세상사 말끔히 난도질해
오늘도 날 찾는 사람들아
이 지구 빙빙 돌려 더욱 어지럽게 하련다


* 대포항 : 경남 서천시 대포동에 있는 항구로 전어철에는 축제가 열
  린다

# 모래성의 야망

수북하게 쌓여있는 하얀 모래성아
강풍에 날려 높이 쌓인 큰 언덕
폭우에 휩쓸려 한 곳에 모인 강바닥인가
모두 낱개로 흩어져 살다가
한 가족으로 튼튼하게 뭉쳤네

작은 낱알갱이 모이면 큰 힘이 된다지
한 알 두 알 도저히 못 말리는 독불장군들
함께라면 언제나 튼튼해지는 모래성
도시 빌딩 숲 속 아무리 웅장해도
오직 그 모래들만 모여 사는 동래라

언제나 시작은 모래알부터라
저 도심 한가운데 서로 키 재기해
물 위를 뛰어넘는 긴 다리
아무리 세찬 태풍이 할퀴고 부수어 봐라
날 모래성이라고 함부로 얕보지 마라

# 베트남의 자존심

비 오는 저잣거리에
우의 걸친 수많은 오토바이 부대
그 틈 사이로 곡예운전 하는 차량들
모두가 무사에 익숙한 사람들아


외세 지배에 오래 짓눌려
억울함이라도 뿌리치려는지
새로운 비바람으로 닦고 덧칠해
지켜낸 그들의 자존심 하나로
대대로 잇는 역사가들


연일 쏟아지는 저 빗물은
모든 아픈 역사를 수몰시키려는지
질퍽이는 거리엔 물세례 퍼붓고
자욱한 물안개는 앞을 가리는데도
그 속을 꿰뚫는 베트남만의 달리는 자존심들

# 비 젖는 진양호

진양호 지켜온 저 옥녀봉에
봄장마는 언제 그칠는지
시작은 있어도 끝은 없는가
마지막 발 떼는 저 먹구름아
제 속 치맛자락은 어쩌려고 자꾸 찢어놓고 가나

수면에 뿌옇게 얹힌 물안개야
종일 세상의 눈 가려 놓고
무슨 비밀들 논하는지
물 주름살만 세상 밖으로 자꾸 내민다

물가에 우거진 물버들 그저 줄지어 졸고
물고기는 밝은 세상이 하도 그리워
구정물 수없이 뚫어보건만
밝은 하늘빛 한 점도 보이지 않아
물고기야 저 먹구름 모두 먹어 버리자


* 진양호 : 경남 진주시, 명석면, 대평면에 걸쳐 있는 다목적 댐

# 빨간 고추잠자리의 고민

가을 초입에 쭈뼛 솟은 꼭대기에
그냥 내려앉은 빨간 고추잠자리
바람 한 점 없는데도 중심이 흔들흔들
날갯짓이 영 어설프다


무덥던 한낮도 사라지고
서늘한 바람이 스멀거리는 이 아침에
백 년을 살겠다는 사람들은 저토록 애타는데
왜 우리는 바쁠 것 하나 없는지
우리 계절인데도 이렇게 추운가


곧 찬바람 불어오는 날
아름다움 두고 어딜 떠나야 하는가
모두 처음 보는 것들 뿐이라
날 건드리지 마시라
자유 두고 그냥 떠날 수 없다

# 사연 줍는 사람아

차가움이 밀려오는 바닷가에
내 기다리는 사연 하나 있을는지
물 위에 떠내려온 수많은 거품들을
이리저리 뒤적여 본다

시작도 없이 떠난 애틋한 풋사랑
큰돈 벌어 오겠다고 떠나간 내 낭군
갈매기 날개에 실린 꿈만 너울너울
긴 세월도 잠깐에 지나가는데
어찌 나는 한평생인가

갈매기 춤추어 놀던 그때 그 모습이고
짙푸른 바닷물 높은 주름도
그때 그 주름이 분명한데
왜 나에게는
기다려야 하는 원수만 휭 한가

# 씻어도 먹구름

깜깜한 밤 강물에
먹구름이 몰래 내려와
구름인지 검은 넋인지
아무도 모르게 온몸 씻고 있어

낮에 허공을 덮은 먹구름은
인간이 토해낸 온갖 욕찌꺼기 아우성
아무리 걸레질해도 먹구름이라
닦고 돌아서도 금방 검어지는 저 허공아

강물에 구정물이 밤새 출렁여도
무슨 일 일어나든 죄지은 자만 몰라
어지러운 저 하늘 닦고 닦아
붉게 타는 노을에 푹 삶아
저 강물에 깨끗이 헹궜는데도

# 열대야의 밤

강 건너 뿌리 깊이 불붙은 불기둥아
열대야에 얼마나 불길이 올랐으면
제 머리에 핀 불꽃 끄려고
흐르는 강물에 담가 길게 흔드나

노을도 제 뜨거움에 못 견디어
저토록 발광하고
비바람에 흠뻑 적셔놓아도
푹푹 찌들어온 열기는 도저히 식을 줄 몰라
이 깊은 강물에 뿌리까지 깊게 담가도
꺼지지 않는 불사조인가

밤에 흐르는 강물은
언제부터 붉은 전열선으로 데웠는지
붉은 물결이 일렁대며 흘려가네
갑갑해진 저 물고기 마저 미치는데
그 흔한 강바람 한점 오지 않네

# 옛 고을의 꿈

깊은 물속에 잠자는 옛 고을
칠십 년대만 아는 비밀
아직도 뒷산 고목은 물속의 역사 알고 있어
그 넓은 대평들 생각에 지금도 울고 있다

옛 인걸은 어딜 가고 고향 생각만 남았는가
수평선 보고 옛동무 아무리 불러도
돌아오는 건 거친 파도 숨소리뿐
오늘도 저 고목은 뒷짐 지고 한숨이라
저 뻐꾸기 아까부터 그렇게 울고 다녔나

평온으로 마을 덮은 푸른 물아
그렇게 잠재운 지 언제던가
정겨운 집 버리고 떠난 이 몸 늙으니
절로 고향 생각에 한시도 잊을 수가 없구나

* 대평마을 : 경남 진주시 대평리의 옛 마을 70년 7월에 완공된 진양
  호댐 건설로 수몰된 마을

# 왕성한 대왕암

동해에 천 년 머금은 긴 역사
세세한 사연들이 조용히 잠들어있고
남극의 새로운 소식 접할 때마다
새까맣게 속 타들어가
오늘도 한반도 만백성들 걱정해

푸른 파도 한없이 핥고 닦아
매서운 강풍 세차게 몰아쳐 흔들어도
꿈 조각하나 놓치지 않는 곧은 애국정신
육중하게 자리한 대왕암의 위력에
우리는 오늘도 내일도 건재하다

오랜 세월에 드러난 겉모습
물이 출렁여 덮어줘 부끄럼도 없어
오늘도 지난 세월의 잔주름 모두 닦아가니
언제나 그 옛날에 멈춰 선 그 젊음이라


* 대왕암 : 울산 동해의 대왕암으로 문무대왕 왕비는 죽어서 용이되
  어 나라 지키겠다는 말에서 유래되었다 함

# 의자는 외롭지 않다

강변에 홀로 앉은 긴 의자
온 세상 열대야 속 아우성
어디를 가도 관심 없는 세상아
오늘 밤도 빈 의자는 외로워
저 강물에 반짝이는 별들이 즐거우니

한낮의 폭염은
저 나무 그늘 아래에서 실컷 졸더니만
밤에는 어두운 열대야가 성을 가서
폭염 열대야도 모르는 저 강물은 좋겠다

달도 없는 맑은 밤하늘에
은하수 흐르는 강물 따라
긴 강둑에 앉아 목욕하는 별들
어쩐지 반짝이는 저 은빛이
대 우주를 깨끗이 닦고 있어

# 장맛비의 해후

올 장맛비 길다
침울한 우울 언제까지 갈건가
온 세상 용서 못 할 눈물만 그렁해
화火 삭여 큰 숨 뱉으면
한 줄기 맑은 햇볕이 보인다지

저 무거운 비는
종일 울어도 그칠 줄 모르고
발밑에서도 울다가 지친 눈물바다
온 세상사 왜 이래

저 먹구름 두꺼운 옷 다 벗고 나면
진실만 말끔하게 드러날 것
이 눈물 닦고 더 화내지 말자
다짐해 놓고 돌아서면
어찌 눈물이 자꾸 쏟아질까

# 잠수하는 나무

오랜 물속에 드러난 저 검은 창칼나무
쭈뼛 가지마다 원망 담아 하늘을 찔러 대
이파리 다 태워 멈춰 선 세월
새까맣게 멍든 채 썩을 수도 없는 유령 되어

물 밖에 즐겁게 노는 녹색 이파리야
멋지게 세상을 부쳐 대는 그 재주는
나도 해봤던 생각이 나
새도 날아와 둥지 틀어 놓고 재잘재잘
세상 이야기는 끝이 없는데

우린 언제부터 이렇게 갈라 섰는지
아무도 말 안 해 줘
다시 물들면 잠수해야 하는 팔자
아무리 세월이 흘러도 맨 날 이 자리 이 모습
멍든 눈 딱 감고 그때의 젊음으로 살련다

# 진양호 푸른 나이

짙푸른 창공이
수면 위에 살며시 내려와
아무도 모르게 조용히 윤슬로 즐기고 있어
여기가 물일까 하늘일까

저 물오리 떼
온 세상 물뿐인 줄 알고
작은 날개로 재주 부리다가
허공에 헛발 디뎌 낭패나
바람도 윤슬 만들다가 머쓱해지네

헛세월에 늘어나는 물결 나이
아무리 많아져도 상관 안 해
예부터 호반엔 나이는 없는 것
물결만 일렁이다가 그만 사라져
호반의 물 마셨다가 내뱉는 숨쉬기 한판이라
언제나 짙푸른 내 청춘


* 진양호 : 경남 진주시 판문동 귀곡동 대평면 내동면과 사천시 곤
  명면에 걸쳐 있는 큰 인공호수

# 청사포 새 소식

남극 소식이 제일 먼저 닿는 곳
새 소식받으려 여기까지 달려온 갈매기 떼야
먼동이 트기도 전인데
시커멓게 꾸물꾸물 손들고 달려오는
저 파도 손짓 봐라
무슨 급보라도 있는지 잠시 지켜보자

고운 달빛에 잠 못 자고 뒤적이던 고목아
급해진 남극의 소식이 뭣인지
저렇게 급한 모습은 처음이라
갈매기야 조용히 들어보라
자갈아 솔바람아 울지 마라

급하게 달려온 저 큰 파도
벼랑 끝 시커먼 바위에 그냥 부딪쳐
제 우렁찬 소리에 깜짝 놀라
갖고 온 소식 산산이 부서져
물거품만 둥둥 떴네


* 청사포 : 부산 해운대구 해운대해변로359번길 27 (푸른 모래밭)

# 청사포 자갈 노래

맑은 해변가에 누가 기다리는지
급하게 달려와 자갈 굴리다
산산이 부서져 그냥 아파 우는 파도야
저 물거품에 온갖 소식들 둥둥 떴다

먼 남극의 신선한 소식 물고 와
제대로 전달도 못한 채
제 몸이 부서져 물거품만 떠 있어
오랜 세월에 굴러 닳아 더 매끈해진 자갈아
그 구석 어디에도 담을 수 없어

언제나 소득 없이 힘써온 파도는
평생 저 자갈만 계속 굴러왔어
밤낮 모르는 자갈 노랫소리에 묻혀
은은한 저 달빛에 춤이나 추어볼까


* 청사포 : 부산시 해운대구 중1동, 해변열차와 해운대 스카이 캡슐,
  문텐로드로 유명하다

# 투명다리

하늘 높이 떠받쳐선 투명한 다리
오랜 세월 빈 속만 남은 여윈 다리야
건널 때 불안 담아 용기 심어주는 강찬 다리
건너지도 못하고 다리가 덜덜 떨리니
오그라진 콩알 맘 언제 건너갈꼬

비바람 뜬구름 허공도 군말 없이 잘 건너가는데
죄업 많은 인간만 채벌이 두려워 건너지 못해
투명한 저 다리는 제 나이도 잊은 채
인간이 지은 큰 죄업
모두 해업 중이라네

그래도 건너지 못하는 자
멀쩡한 투명다리 무너질까 탓하더니
안개구름이 몰려와 양심으로 가리니
용케도 살아 나오네
제 딴엔 많은 죄업이 다 풀렸다고 까불어


* 투명다리 : 높은 구름다리로 가운데쯤 바닥이 투명해 내려다볼수
　록 두렵도록 되어 있음

# 투본강에 띄운 소원


강물 위에 밤이 내리니
소원 등 하나 깜박이며 둥둥 떠가
누가 물어도 함부로 발설 않을 비밀 불
내 귀중한 소원 담아 전설을 만든다


요양원 4학년 우리 어머님
옛 인생 되찾아와
어릴 적 어리광을 누리고 싶어라
저 누런 강물은 수많은 사연들 모두 숨겨 놓고
아무 말도 안 해


세상이 제 아무리 어둡다 해도
옛 꿈은 영롱한 것
내 소원 이루어지는 날
흘리는 눈물 거두고 코흘리개로 돌아가리라


* 투본강 : 베트남 남부 다낭에 있는 큰 강으로 바다와 연결되어 있
   다

# 파도의 몸부림

하얗게 떠가는 새털구름아
저 넓은 창공에서 바쁠 것 하나 없이
유유히 떠가는 네 모습이 참으로 여유로워
저 짙푸른 파도도 따라가고 싶어 저렇게 뛰고 있어
언제부턴가 따라 하다가 헛세월만 축내

아무나 따라 한다고 된다던가
저 새털구름도 시절 따라 제 할 일이 있는 것
오늘은 여유 만만해 떠 갈 뿐
파도야 남극의 바람만 갖고 달려오면 되는 것
어찌 그 몸으로 하늘을 떠 가려하는가

아직도 저 수평선 너머로 어장 간 고깃배는
돌아오지 않았는데
네가 저 하늘 높이 날아간다면
만선으로 돌아올 그 고깃배는 어찌 되겠는가
아서라 네 주제만 믿고 까불지 마라

# 4

## 미래의 먹거리는

# 강남 소식

먼 길 마다하지 않고
하늘에 한 번 뛰어올라 쉬지 못하고
여러 날 밤낮으로 달려온 강남 제비야
피곤에 지칠 만도 한데
차가운 창공에서 첫인사 목소리 나

모습은 보이지 않고
귀에 익은 저 소리가 반가워라
아무리 올려봐도 그 소리뿐
재잘재잘 찬바람 섞인 간지러운 저 목소리
작년에 듣던 그 소리다

전깃줄은 그대로
비워진 둥지도 기다린 지 오랜데
네 소리만 듣고도 좋아해
오늘 밤 강남의 소식이나 한번 들어 보자


* 강남 제비 : 동남아 따뜻한 곳에서 겨울나고 봄에 다시 찾아오는
  제비

# 고추의 꿈

봄이 부르니 곳곳에서 돋는 새싹들
경쟁으로 서로 밀치고 일제히 일어나
고추 심을 두둑에
봄의 녹색 전령들이 먼저와 진을 치고 논다

뜨거운 봄볕이 녹색 이파리 흔들 때마다
뜨거운 열기 뿜어 매운맛 만들어가네
이 혼미한 세상을 만나
내 마음 개운하게 잡아 줄 이 없어
매운맛 얼얼 진땀 나게 할 당찬 꿈

폭염아 날마다 뜨겁도록 데워라
빨갛게 달아오른 날
매운맛으로 단단히 무장해
이 우울한 세상사 모두가 갑갑해할 때
화끈한 맛으로 얼얼 날려 버릴 테야


* 고추 : 가지과에 속하는 한해살이 작물, 매운맛 내는 양념으로 세
  계적으로 널리 알려져 가

# 꽃의 교훈

하늘에 뜬 무수한 꽃송이
소곤소곤 조용한 봄 잔칫날
여린 목소리로 아무리 크게 외치려도
꽃 이파리 사르르 떨리니
아 부드럽고 예쁘라

세상사 아무리 어렵다 해도
웃는 데는 문제없어
이제는 얼고 녹는 고통은 없으니
이런 행복을
우리만 다 갖고 있는 것 같아 미안한걸

인간들아
세상이 아프다고
바보같이 그냥 따라 하면 어떡해
높은 절벽에 겨우 걸친 저 이름 없는 꽃도
모든 것 다 잊고 그냥 종일 웃고 있는데

# 내 꿈 꾸어줘

하늘이 빚어 놓은 화사한 봄날
꽃 이파리 제 맘껏 휘저어 날아가네
저 세월도 꽃잎에 유혹되었는지
바람 따라 훨훨 날아가

이 봄날에
사람들이 꽃잎보다 더 많이 모였을까
아늑한 꽃그늘 속에 모두 묻히니
봄도 인간도 뽀얗게 한 지구로 익어가
이 아름다움 제발 꿈이 아니길

바닥에 흩날리는 꽃이파리
봄을 빙빙 돌려 흥이 오른 춤으로 뒹군다
발걸음 뗄 때마다 살랑살랑 따라오는 꽃 이파리
신나게 뛰어노는 늦은 동심들
머리에 앉은 꽃님아 오늘 밤엔 내 꿈 꾸어줘

# 농심의 지혜는

인간은 미완성으로 태어났을까
알면 알수록 제 모르는 것뿐
평생 배우고도 손으로 집으면 그냥 바보가 돼
어찌해야 할는지 몰라

기억은 잊어버리는 선수
새로운 지식도 들을 때뿐
돌아서는 순간 그냥 날아가 버리니
자꾸 의심만 남는다
체험아 너도냐

한 두 번 착오로 낭패를 당하고도
다시 되풀이되는 농사라
농심아 울지 마라
오직 작물만 보고 울고 웃어야 해

# 담쟁이의 꿈

고목을 타고 올라간 담쟁이덩굴
정상에 오르니 푸른 하늘이네
내려다보니 천길 낭떠러지라
어떻게 올라왔는지
긴 덩굴 힘 빠져 그냥 후들거리네

푸른 세상은 이토록 넓고 높은데
땅바닥만 있는 줄 알았지
이 넓은 우주는 어디까진 지
더 오르려고 해도 내 꿈은 여기까진가
허공아 저리 비켜라 더 오르고 싶다

꼭대기에 앉았는 새야
너는 어떻게 여길 올랐는가
몇 년을 나무둥치 붙들고 간신히 올랐는데
더 나갈 수도 없는 여기가 뭣이라고
이제는 여길 붙잡고 있어도 떨어질까 걱정뿐이네


* 담쟁이 : 포도과 담쟁이덩굴속 덩굴성 갈잎나무

# 딸기 사랑

매서운 혹한이 한눈파는 사이
뜻밖의 훈풍 소식에
앞뒤 생각 없이 그냥 피어나
파르르 떠는 여린 딸기꽃이 애처로워라

딸기야 겨울 속 봄을 어찌 알았어
꽃도 농심도 함께 웃으니
붉은 행복이 절로 달아올라
기다리는 사람들은 따뜻한 사랑을 던진다

언제부턴지
인간과 함께해 온 붉은 사랑
온 세상 모두 아름다워질 때까지
지구밖에 눈비가 아무리 가로막는 대도
우리 진한 사랑은 절대 변하지 않아

* 딸기 : 식물계 현화식물문 목련강 장미목 장미과 딸기속(Fragaria)

# 딸기꽃 필 때

해 뜨자 하얀 어린 꽃봉오리
살며시 눈 뜨려는데
새벽이슬에 파르르 떨어
제 꿈 잊지 않으려 먼 하늘을 바라본다

새하얀 어린 꽃송이 활짝 펴
가운데 노란 황금 비밀을 꼭꼭 숨겨 놓고
벌 나비에게 향기 날리니
이 꽃 저 꽃 사랑 찾는 요란한 소리에
그저 정신없는 한낮

바쁜 농심은
지구 밖의 한파가 제 아무리 엄하다 해도
내 사랑 예쁜 딸이 웃는다면
이 아픈 가슴으로 잘 가꾸리라
온 세상 빨간 사랑으로


* 딸기꽃 : 장미과 딸기속 식물의꽃 (Fragaria×ananassa) 애정, 우
  애, 존중의 꽃

# 만추의 꿈

익어가는 황금 들녘에 서니
가을 향기에 취한 농심아
벌써 말 없는 풍요가 가슴 가득 쌓이니
남모르는 미소가 윤슬로 한없이 번져가고
벅차오른 만추 향에 논두렁엔 농주가 모자란다

황금 알곡에도 달아오른 가을 향기뿐이라
아침 안개가 내려와 어루만져 위로해
변덕 기후가 온 들녘을 휩쓴다 해도
폭염 폭우 견뎌낸 경륜에 대적 마라
이미 내공으로 다져진 여물어진 씨앗인걸

온 들녘이 지붕 없는 곡간이라
그냥 보기만 하여도 겨우내 배부르다
서산 넘어가는 저 짧은 해는
가을 풍년가 소리도 들리지 않는지
그냥 어둠 속으로 풍덩 빠진다

# 바랭이 풀아

언제나 지구 덮는 건장한 바랭이 풀아
마디마디마다 생명줄 수염뿌리로
끝까지 온 밭을 진녹색으로 덮어가고
밭고랑 고추는 보이지 않고
온통 풀밭 세상이라

너도 긴 폭염에는 못 견디는구나
지각이 너무 뜨거워
가는 실뿌리로 숨을 헐떡이더니
오그라드는 이파리마다 무더위에 죽네
빗 방물 외치다 그냥 지쳐가

뜨거운 뙤약볕에 누구도 못 견뎌
밭고랑 긁을 때마다 흙먼지 날리고
풀 멜 때 쉽게 딸려오는 힘없는 바랭이 풀아
네 건장함은 어디 가고
어찌 이럴 수가 있나
이 무더위에 너 나 없구나

* 바랭이 풀 : 기장아과 기장족 바랭이속 바랭이종 한해살이 풀

# 밤꽃 내 사랑

인간과 친해 온 밤꽃 천년 사랑
단옷날에 뜨거운 열정 유혹자
주먹엔 여럿 손가락 짝 벌려
진한 향기 내뿜는 멋진 구애 술
어찌 사람들이 멍해질까

아무리 무심한 길손들도
익숙한 저 사랑 향기에 피할 수 없는
아 멋진 천연 사랑아
그냥 눈 딱 감고 모른 척할 수 없어
하늘은 없고 저 밤꽃만 보이네

바람아 불지 마라
여기 옛님 향기 두고는 못 가
내님도 이랬을 것
저 신선한 밤꽃향이 내 사랑이라니
오늘은 실컷 품고 자련다


* 밤나무 : 참나뭇과 교목성 낙엽과수로 5월 밤꽃의 진한 향기에 벌
  나비 유혹에 꿀 많이 따는 나무

# 벚꽃의 향연

벚꽃 터널 속 아련한 환상에 붕 떠
내 가슴이 간지러워 눈물이 난다
아무리 날아도 은은한 하얀 폭포 속
이 황홀감에 저 푸른 하늘도
맑은 눈 떴다가 감지 못해

연일 찾는 봄비야 그만 울어라
애써 피어난 저 영혼이 떨고 있어
바람아 꽃 이파리 건들지 마라
제도 모르게 흩날리도록 그냥 둬라
이곳 떠나면 다시는 못 올 것을

하얀 솜털 구름도 아닌 것이
햇볕 치맛살에 은은히 비치어
화사한 넋 녹아내리는 하얀 꽃그늘 속
눈 입 벌려 얼마 더 있었는지
나도 모르게 뽀얗게 헤엄쳐간다

# 봄꽃의 유혹

긴 한파 견뎌온 의젓한 웃음
험악한 인고 후 웃으니
더욱 빛나는 몸값
제멋대로 흔들어 대던 바람도
금세 살며시 더듬어 넘는다

대지는 온통 노랑 분홍 빨강
소리 없는 온갖 요염한 꽃밭에
벌 나비 신나는 날
줄지은 인간꽃도 화단 주위로 빙빙 돈다

살랑대는 봄바람은
꽃잎마다 살짝 흔들어보는 부채 손
사랑 놓친 새들도 정신이 없는지
왜 울었는지도 모르고 자꾸 울기만 해

# 뿌리의 비밀

뿌리 끝에 강력한 생명력
지구 뚫어놓고도 기운이 넘쳐나
저 끝을 꼭 붙잡고 따라가면
큰 우주를 여행하는 것일 것

아무도 모르게 하늘의 기운 가득 담아
나무 둥치마다 오랜 세월 익혀온 지혜
저 새도 날마다 와도 못 배웠는데
땅만 아는 비밀이라

바람 불어 이파리 펄럭이는 날은
뿌리도 덩달아 힘이 나는 것
꽃피고 열매 맺는 모성애도
어두운 땅 속 뿌리만 아는 비밀이라

# 사과의 붉은 꿈

이파리에 가을 빗방울 묻어 빛나고
커가는 과일은 가지에 꼭 붙어서
선선한 가을바람 소식 듣고 좋아라
사춘기 얼굴로 점점 붉어 간다

빨개진 홍옥의 순진함 아
볼수록 네 진실은 붉게 부풀어가
처서가 곁에 와 살살 문지르니
제도 모르게 자꾸 붉어져 와
이파리 뒤에 숨었어도 이렇게 부끄러울까

가지미다 가을이 주렁주렁
바람 불면 떨어질까 숨죽여 떠는데
과일에 미끄럼 타는 물방울은 신나고
흐르는 붉은 눈물마다 가을이 타는 정열

# 새싹들의 반항

봄 왔을까 엄마 몰래 눈 살며시 떠
아직 차가운데 세상을 내다봐도 될는지
이 넓은 우주 속 내 작은 점 하나 있는지
내 어린 봄은 여긴가

매서운 추위는 멈출 줄 모르고
제 갈 길조차 잃은 지 오래
눈 비구름 아무 데나 쏟는 무지한 놈아
가만히 기다리기만 하니 아무 소식도 없어
박차고 튀어나온 용감한 어린 새싹

봄은 어디쯤 왔는지
어쩐지 으스스하다가 한낮에만 따스해
저 먹구름은 눈비 뿌리지도 못하고
생명들만 이래저래 헷갈려
인내성이 있으면 뭘 해

# 소나무의 외고집

억센 자세
온갖 극한 상황 만나도
제 평정심 잃지 않은 외고집
널 볼수록 온 세상이 든든해
이래서 옛 선조님들 널 좋아했나

연륜이 높을수록
더욱 완고해지는 강직한 위상
이파리 쭈뼛쭈뼛 난세 질타하는 손짓
그 엄한 눈초리 하나 매섭다
센 바람에 부러질지언정
절대 휘지 않겠다는 강한 의지

저 무거운 하늘을 받쳐 든 양팔엔
붉은 근육질이 불룩 불룩하고
늙을수록 제 갑옷은 자꾸 두꺼워 가
오늘도 변덕스러운 세상에
두 주먹 불끈 쥐고 노려본다

# 송이버섯 사랑

이 땅에 상륙한 송이버섯
30세 한창 젊은 사랑꾼아
토실토실한 근육질
씌워진 둥근 갓 끝에 힘이 넘쳐나
사람마다 왜 널 좋아하는지 모르겠어

은근하고 끈기는 옛 조상님의 품성인가
농심이 먼저 알아보고 용기를 낸다
기후야 변덕 부리지 마라
너는 무슨 심보로 매번 그러는가

자연에서 생겨난 몸
자연의 질서 따라 행복할 자격 있어
진실만 살아남는 이야기 할 것
송이는 농심에서 사랑을 배운다


* 송이버섯 : 주름버섯강 주름버섯목 느타리과 느타리속, 남유럽 중
  앙아시아 일대 분포

# 시원한 매화의 눈

동장군에 검게 그을린 나뭇가지야
이대로 새봄을 맞이할 수 있겠나
속까지 검게 멍들면 어쩌나
새싹들의 눈은

간밤에 살짝 다녀간 신기한 빗방울
가지마다 초롱한 새 눈꺼풀 살며시 뜨네
동장군이 제 아무리 매섭게 굴어도
진실만은 지우지 못해

아직도 미련이 남았는지
매일 새벽 찬 서리로 얼리려 애써 보건만
벌써 가지마다 튀어나온 순백은
저마다 봄바람에 푹 담가
아 시원하구나

# 아라홍련의 阿羅紅蓮 비밀

천 년을 잠시 잠잔 듯
어렵게 뜬 눈아
지금 네 얼굴이 그때의 아라홍련인가
성산산성에 잠자던 검정 씨앗
어떻게 천 년을 한 몸에 꼭 껴안은 채
일생을 넘어 그렇게 간직해 온 그때의 대역사서

신기한 긴 생명력 앞에
우리 조상님은 이럴 줄 알았을까
그때의 일상을 알리려 이곳까지 달려왔어
선조님 옛 숨소리에 모두가 경애하며
21세기 후세는 정중히 눈물로 친견합니다

단조롭고 우아한 연꽃송이
말없이 다소곳이 앉은 옛 어머님 품성
저 치마폭엔 온갖 옛 사연 담은 아라홍련 이야기
조상님이 보내온 천년 인고의 향기를
어떻게 받자 오리까

"아라홍련"
(디지털함안문화대전)


* 아라홍련阿羅紅蓮 : 가야문화재연구소가 성산산성 발굴 시 연
  씨 수습, 700여 년 전 고려시대로 밝혀져 2010년 7월 연붉은 연꽃
  이 피어남을 확인함 (연꽃 이름은 삼국사기, 삼국유사에서 착안한
  것)

# 양파의 매운맛

양파 껍질 벗기면 그 진실은 무엇일까
겉부터 벗기고 자꾸 벗겨가도
하얀 속옷 끝이 없네
무슨 깊은 비밀이 숨겨져 있길래

톡 쏘는 매운맛 아린 향에 눈물 콧물 나게 해
도저히 눈을 뜰 수 없도록
함부로 건드리지 마라 했거늘
눈감고 아무리 벗겨가도
너의 진실은 어디 있나

큰 지구 중심에 이르니
비밀의 근육질이 버티는 요새라
절대로 물러설 수 없는 한판의 승부
넌 누구냐고 더 매운 독을 톡 쏜다


* 양파 : 백합과의 두해살이풀로 식재료와 건강식품으로 늘리 쓰인
  다

# 핑크뮬리의 넋 1

저토록 부드러움을
도저히 손으로 무례하지 않으려
하얀 마음으로 살며시 만져 보니
어찌 내 목이 이토록 간지러울까
볼수록 부풀어 오르는 핑크빛 세상아

부드러운 여인 마음보다 더한
그저 곁을 못 떠나고
아예 포옹으로도 어쩌지 못해
그냥 울고 싶어라
세상에 이보다 더 부드러움 있을까

하늘 한 번 땅 한 번 허공을 만져봐도
언제나 세상은 그대로인데
이렇게 부드러움이 충만하다니
짙푸른 창공도 좋은지 꼭 안아 놓지 않네


* 핑크뮬리(Pink Muhly) : 벼과의 다년생 식물로 털쥐꼬리새로 불리
　며 미국 중서부가 원산지다

# 핑크뮬리의 넋 2

화색이 만연한 이 부드러움 아
핑크뮬리 윤기가 자르르 매끄러워
봄바람같이 넘치는 고운 매력에
세상의 거친 악업 다 녹여간다

보기만 하여도
살랑살랑 행복 다지는 비단결
살짝 눈 감고 꿈을 꾸는 듯
손에 잡힐 듯 잡히지 않는 이 부드러움 아
그냥 숨 쉬어 먹어볼까

세상에 부드러움이 웃고 있는 한
우리 인생길 사악함은 절로 녹아질 것
그냥 네가 좋아 맨몸으로 뒹굴어 본다
아 부드러운 것
저 맨몸 하늘도 어쩌지 못하네

# 핑크뮬리의 넋 3

핑크뮬리에서 부드러움이 날 붙잡네
손대고 만지니 어찌 이리도 좋을까
온몸을 그냥 믿고 맡긴다
만지는 내가 더 좋으니 이를 어째

그냥 나체로 문지를 수 없어
네가 내 속옷 되어라
그친 손부터 대면 도망갈까
볼에 대고 살며시 문질러 본다
이 부드러움 끝에는 무엇이 있을까

아
네 꿈은 이렇게 생겼을까
온몸이 아늑해지는 자궁 보가 이럴까
세상 무엇으로도 따라 못 할 이 아늑함
널 보는 순간 내 영이 더 맑고 가벼워라
저 먼 창공도 이럴까

# 5

## 미래가 부르는 소리

# 가을 소식

짙푸른 가을 하늘에
얇게 퍼져가는 하얀 새털구름아
여름 내내 폭염에 못 견뎌 울더니
결국 주눅 든 채 말 못 하고
모두 너덜너덜 힘없이 떠 밀려가나

대지는 아직도 더운 열기로 후끈거리고
악명 높은 저 폭염은 알고나 있는지
푸른 창공은 높이 올라가 가을옷 걸치고
계곡물도 제 몸 서서히 식혀가는데
진작 사람들은 청정 가을을 마셔놓고도 몰라

워낙 폭염에 찌든 사람들
조석으로 선선한 바람이 불어와
가을을 뿌리고 다니는데도
믿을 수 없다니
누가 이토록 세뇌교육 시켰나
한 발짝도 나가지 못해 어쩌나

# 가을 여인아

한창 익어가는 가을 한 점이
외로운 여인 살결에 살짝 스치니
더욱 빨갛게 달아오르는 여인아
그냥 부끄러워
뽀얀 복숭아 살결이라

고운 선율 따라 곱게 빗질한 여인
우뚝 선 콧날이 매끄럽게 빛나고
보슬보슬한 긴 목에 손끝이 살짝 닿으면
깜짝 놀라 금세 눈물이 그렁해

올가을 애틋하게 소원하는 저 붉은 입술은
차마 제 입으로 말 못 하고
굳게 닫힌 듯 열린 마음이
자꾸 머뭇 그리다가
그만 울음으로 제 마음을 달래고 있다

# 가을아 울지 마

깊은 산골짝 실수한 가을 한 점
너무 일찍 서둘다가 늦여름에 들켜
여름옷 다 뺏기고 앙상한 가지만 남아
바람에 이리저리 빈 가슴만 술렁인다

가을이 오기도 전이라
누가 뭐라 해도 할 말은 없다만
여름을 멋대로 늘려가고 무더위로 괴롭힘에
많은 중생들 아우성이 높은 세상
모두가 시원한 가을을 기다리고 있어

긴 폭염 언제까지 버틸까
늦여름은 철 지난 옷 걸치고 우왕좌왕
다가온 가을은 제 문특에서
붉은 옷 빨갛게 걸치고 달아올라
어쩔 줄 모른다

# 괴물 폭우야

모두가 잠든 한밤중에
엄청 퍼붓는 괴물 폭우
섬광 튀겨 세상을 눌려
많은 생명들 불안 공포로 옥죄네

무리하게 밀어붙이는 조급한 성미
높은 산 긁고 부수어 굴러와
넓은 들녘 모두 삼키고
강둑도 무조건 밀어붙이는 저 못된 놈
떠내려가도 위험 알지 못하는 순식간

예고도 없는 한밤중 기습전쟁해
저토록 성난 공격인가
피해자는 말이 없고 산자만 아우성쳐
흔적 없이 사라진 삶의 전쟁터
간밤에 아무 일 없었다고 할 텐가

# 만추는

가을 생태 공원 인파 속에
진정한 사람 냄새나
외로운 저 노인 처음 맡아보는 듯
잊었던 그리운 인간 향기야
오래 찌들었던 고독이 웃는다

곳곳에 진한 들국화 향이 가득하고
꽃은 누구에게나 활짝 웃어 사랑해 주는데
사람들아 날 손대지는 마시라
난 벌써 당신 속에 들어가 있어

곳곳에 기다렸던 가을 세상
저 큰 소나무는 벌써 큰 팔 벌려
이 가을을 한 아름 끌어안고
짙푸른 하늘 향해 껄껄 웃고 있는 걸

# 만추야 그만해라

맑은 개울가에 정신없이 놀던 자갈
그새 가을이 물 위에 휘날리고
맑은 물속에도 가을이 빠져 빨갛고
하늘빛 잔잔한 물소리는
가을이 웃는 소린가

높은 산에서 굴러온 가을 크기 재는데
벌써 제 눈이 붉게 달아올라
온 세상이 이글거리고
지나는 세월도 목이 탔는지
일렁이는 붉은 물결이 겁이 나 마시지 못하고 섰네

가을아 이제 그만 애 태워라
온 세상이 다 타고
흐르는 세월도 모두 사라지는 날
결국 남는 것은
제 나이도 모르는 신선뿐일 것

# 만추의 시샘

하늘은 가을을 툭 던져 놓고
푸른 진실로 깊어가는데
못난 구름이 아무리 가리고 환 칠 해도
고공 창공은 한없이 짙어만 가

춤추던 푸른 이파리
그새 빨갛게 불씨 붙어
비좁은 바위 사이로 잘도 불붙여가
불에 그을린 바위는 시커멓게 웃고
계곡은 붉으락푸르락 갱년기 하네

세상에 온갖 색채 다 풀어놓자
팔자 좋은 세월은 산골에 드러누워
다리 꼬고 콧노래로 놀다가
겨울에 들켜 죄 없는 단풍만 모두 떨궈 놓네

# 매미의 아우성

비 그치니 매미 울음소리 막 터져 나
금방 자지러지는 소리 시끄럽다
땅속에서 얼마나 숨 참고 있었길래
밖에 나오자마자 폭우에 다시 주춤했나

지구 속 캄캄한 팔 년 인고에
고작 팔일 외출 인생
누가 이런 법칙 만들었나
합격점 받으려 형설지공 이수한 노고는
왜 아무도 알아주지 않은가

인간들은
별 준비도 없이 일백 년인데
매미에게 이토록 야박할 수 있나
자연의 이런 법칙 인정 못해
폭우에 참아온 목소리 한꺼번에 하늘을 찢어버리자

# 무더위의 채벌

무더위 잠시 식혀보려는데
벌써 시원한 바다 향기 다가오네
아직 출발도 않았는데
이 마음은 이미 도착해
가슴이 확 트여오고 넓은 바다에 폭 안긴다

바닷가 여름 문은 활짝 열려있어
폭염의 무례함은
이른 새벽도 모르는 괘씸한 놈
창밖의 무더운 바람만 신이 나
제 치맛자락 들추어 멋쩍게 늘어진다

이놈아 피서지까지 왜 따라와
무슨 죄업 많아 이토록 괴롭히나
도대체 너는 뭣 하는 놈이냐
아무래도 참기 어려워
차라리 이 큰 바다 뒤집어쓰련다

# 무더위의 실수

온 세상을 무더위 속에 가두니
미처 준비 못한 인간들의 아우성이라
그새 비 오듯 줄줄 흐르는 땀범벅아
아무리 닦아도 빨갛게 달아올라
도대체 무더위 정점은 어디까지 갈까

한번 시작한 폭염은 멈출 줄 모르고
세상을 볶아대는 거대한 지구 솥
저 거대한 허공 어떻게 찌고 볶을 것인지
천지가 후끈거리니 죄 없는 풀잎부터 타들어 가

우왕좌왕하는 사이에
저 세월은 어디로 가고 있는지
도대체 가을은 어디서 올 건지
저 폭염은 언제나 제 광난질뿐
제 악업에 지쳐 떠나지 못하면 어쩌나

# 무지한 폭염아

폭염은 제 목 타는 줄도 모르고
열대야 속 뛰어드는 무지한 놈
가는 곳마다 아우성만 남아
해도 잠든 한밤중에도
끝없는 사생결단 짓는 놈아

저 아우성치는 인간을 보라
누가 있어 흩어진 질서 바로 세우나
무더운 광야 만들어 놓고
생명 있는 곳마다
오직 광란의 질주라

해 떠오른 한낮 동안
폭염이 극치 이룰지라도
조석으로 약하게 비쳐오는
저 햇살만큼이라도
제발 숨 좀 돌리게 하여라

# 밤이 무서운 풀

어둑한 강둑길
우울해진 검은 풀잎은
낮에 익혀둔 제 얼굴도 못 알아보고
이리저리 바람에 흔들리어 겁에 질린다

먹구름 속 연약한 하늘빛 한 조각에
희미한 제 그림자라도 찾으려고
어둠을 요리조리 밀쳐보는데
아무 소득 없는 짓만 하네

오늘 밤 내 모습 찾지 못하면
내일은 어디서 찾을지 두려워
열대야에 녹지 않으려면
빨리 찾아야 하는데
어찌 나는 없고 무더위만 있는가

# 봄비의 꿈

어린잎에 봄비가 간질이니
마냥 좋아라
나뭇가지 허공에 기대어
봄이 온 것인지 보고도 알지 못한다

언 지각은 아무 말이 없고
빗방울 맞는 어린 새싹만 신나
계절이 몇천 번 바뀌져도
새싹은 언제나 천진난만하거든

이제 세월도 나무도 늙어선지
아무리 때려도 꼼짝 않아
종일 내리던 봄비는
가져온 봄만 남겨놓고 슬거머니 떠나가네

# 불볕 형벌

동트자 바로 데워지는 허공
저 해 얼마나 얄미운지
더 이상 무더위에 속을 수 없어
시원한 녹음 숲길이 달려와 그냥 안긴다

매미야 넌 괜찮으냐
더위 쫓는 앙칼진 네 목소리
너도 얼마나 목이 탔으면
다른 나뭇가지 수시로 바꿔 앉느냐
어딜 가도 폭염은 제 세상인 것을

나이 들어 이 무더움 못 견디겠으니
하도 죄업 많은 몸이라
악명 높은 독불장군아
내 업보 모두 삭일 수만 있다면
그 채벌 내가 다 받겠어

# 불붙은 계곡

저 깊은 계곡 길게 드러누워
무더운 날 제만 시원해
잔잔한 바람 물 새소리 한결같아
언제나 정겨운 행복 속
이 아름다운 리듬에 신선만 즐기는 곳

그새 선선한 바람 스칠 때
갑자기 붉으락푸르락 갱년기 앓는 단풍들
서둘러 가을옷 갈아입고
산 만당에서 불붙은 채 그냥 미끄러져
하늘이 흔들리고 골짜기 어지러워

바람아 구름아
이제 그 불 그만 질러라
나뭇가지마다 불타고
산새들만 우왕좌왕 날지 못해
폭포수야 그만 울어라
아무리 외쳐도 듣지도 못하는 저 바보

# 성난 폭염아

갑갑해진 저 허공은
새벽도 모르고 무조건 후덥 지끈해
제 급한 성미에 밤새 녹아도 모르고
잠 못 잔 열대야 눈두덩만 부어
희뿌연 세상 보기 싫어 눈 뜨지 못한다

어제 폭염에 푹 고아진 저 흰 구름
우윳빛 잿빛에 섞여 힘없이 가는 노구
제 살점 하나 거두지 못한 죄책에
오늘도 악명 높은 저 뙤약볕 폭염에
힘없는 이 세상사 언제까지 갈까

너는 어찌 악명만 높아 가나
무지한 인간이 저지른
온갖 악업이 쌓여가는걸
죄 저질려 놓고 아우성치는 인간들
네 악명 아무리 높아도 누가 이기나 해보자

# 완전한 봄아

화사한 봄날에 세상 모든 것이 반가운 날
연일 봄장마 심술로 봄물 바다라
갖고 온 고운 얼굴 어디에도 없어
사방 흩뜨려 놓고
돌아서서 웃고 있는 저 못된 놈 봐라

그새 어깨가 축 늘어져 말 못 하는 봄날아
충충한 허공에 겨우 기댄 채
무거운 빗방울 수시로 털어도
하늘은 종일 울적하니
내 봄날은 언제 쾌청해질까

궂은 하늘아 이제 그만 울어라
나 비록 웃지 못한다 해도
맑은 이슬 없어
여러 날 빗물에 세수한 내 영혼은
맑고 깨끗해진 봄이라

# 일출의 비밀

내일은 해가 뜰까
걱정도 않는 저 캄캄한 하늘아
해는 어디 두고 희뿌연 허공만 피어나
갑자기 잘 익은 빨간 쟁반 하나 빼꼼
조용하던 산새들이 제일 먼저 찍찍
오늘을 힘차게 연다

아직 어둠이 덜 걷힌 먼 허공
꾸불꾸불한 능선이 어둠에 겨우 걸려 있고
그 새 힘찬 섬광이 비춰와
굽은 능선마다 기지개 쭉 쭉 켜가는 기상 체조
지구촌에 지각이 따라 요동친다

걱정 많은 사바세계는
오늘도 저 무지한 인간들이
더 얼마나 죄 지을지
해뜨기 전 모든 액운 다 태워서
붉게 동트는 깨끗한 아침으로 깨어나리

# 지구촌 폭염아

한낮 공원길에
왜 아무도 찾는 이 하나 없을까
그늘의 의자는 더위에 늘어져 졸고
그늘에 숨어 우는 매미는 죽는다고 울어대

태양에 녹아 흐르는 멀건 흰 구름
얇게 퍼져 맥없이 늘어져 가고
호수가 물줄기 길게 쏘아 올리다가 힘드니
누가 보든 말든 아무 데나 칠칠 쏟는다

괴물 폭염은
지구촌을 계속 무덥게 달구어가고
익을 수 없는 생명 이토록 볶아대니
성미 급한 인간은 뜨거운 지구 박차고 나가
흐르는 은하수 통째로 뒤집어 쓰려든다

# 춤추는 세월아

봄바람에 황홀 그리는 꽃 이파리
허공에 가득한 축하 무대 속
무수한 점들의 자유로운 비행술에
각자 꽃 이름자 그리다
사뿐히 내려앉는 멋진 리듬

바람도 꽃잎 굴려 신바람 나
회오리바람도 따라 높게 돌리는 재주
머리에 앉은 하얀 꽃 이파리
사랑의 선물인가
세상 모두가 즐거워라

세월아 너도 나
누구든 세상에 나왔으면 됐지
무엇이 더 필요한가
지금이 가장 아름다운 낙원인걸
모두가 꿈꾸어온 내세 아닌가

# 폭염뒤의 평화

난세에 엮인 인간의 업보들
지구촌 질서 해치는 못된 망상에
폭염에 질세라 시커먼 죄악만 태워 가니
온 하늘에 검은 재 먹구름이 덮인다

갑갑한 이런 광경에도
무지한 인간들은 한 치 앞도 몰라
죄짓고 돌아서면 그만인가
폭염 폭우 태풍 미세먼지
모두 독 품은 저주들뿐

누적된 저 많은 인간들의 형틀
무조건 태워 없애야 해
그새 못 견디어 아우성치는 인간아
그것도 못 참겠거든 죄짓지 말든지
저 악명 높은 폭염 뒤에는 곧 평화가 올 것을

# 폭우는 안다

완장 찬 강풍은 폭우를 거느리고
나쁜 놈 어디 있나 샅샅이 뒤져가
구석구석 엄포로 쑤셔대
사정없이 밀어붙여 막 부수는 저 괴물 폭우
그냥 엄포 놓는 소리 아니다

깊은 산골마다
살점들 마구 긁어대는 폭우
닥치는 대로 막무가내라
천둥소리 생명들 아우성에도
괴물 흙탕물로 덮쳐 그냥 쓸어가네

며칠을 때리고 부수었는지 알까
폐허 된 전쟁터에 남겨진 것은 통곡뿐
쓸려간 대자연의 살점은 없고
뼈만 남은 채 무지한 인간만 탓해
저 괴물 폭우 이번 채벌로 끝일까

# 하얀 밤의 꿈

잠 떠난 하얀 밤하늘
어둠마저 지워져 버린 하얘진 한밤중아
창밖의 가로등만 잠 못 들어 깜박이고
달 없는 텅 빈 거리엔 나도 없어

낮에 들은 수많은 사연들
그새 군중 속으로 다 스며들고
눈앞에 잔상만 남아 자꾸 지껄인다
오늘은 하얀 꿈에 젖어 노는 밤

숨은 달빛은
잠 못 들어 몸부림치는 줄 모르고
어디서 뭘 할꼬
기다리다 자꾸 눈만 쓰려와
이제라도 눈을 붙여야 꿈을 그릴 텐데

# 한파 탓만 하나

한파로 온 세상이 꽁꽁 얼어
꿈도 일상도 모두 손 놓아야 하는가
새벽 잿빛마저 얼어붙어
우리 가슴에 닿지 않을까

인생이 새파랗게 얼어가는데
어딜 가도 냉기뿐
경제도 얼어붙는 삶의 거리
우리 인생 이대로 정지되는 건가

겨울 맹렬한 한파는 흔히 있었는데
나이 드니 엄동설한 견디기 어려워
모두 떨면 이 겨울 어찌 넘길까
추운자 자 모두 모여라
금방 후끈해져 오는 걸 한파 탓만 했네

# 한파의 판단

모든 생명 맹추위 속에 꼭 가둬놓고
꽁꽁 얼려서 어쩌자는 건가
화가 얼마나 났는지 갈수록 세상을 겁박해
죄인 찾으려 애써

한파에 못 견뎌 우는 저 아우성
노약자 야외 활동 자제 소리 높고
이런 엄동 세상에서
그 어떤 이도 견딜 수 있을까
세상에 선량한 자 아무도 없는가

한파야 더 이상 옥죄지 말라
모두 꼼짝없이 얼어간다
이 죄인 스스로 엎드려 그 큰 칼 받겠으니
모두 용서해 주오

# 6

## 산야는 어머님 품

# 노을아

저 능선 위로 붉게 타오르는 노을아
앙상히 마른 나뭇가지만은 태우지 마라
그도 살아있어야 허공의 죄업 쓸어낼 것
얼마나 노했던지 마른 겨울이 불타고 있어
그 무엇으로도 끄지 못해

차라리
세상의 대 죄악 모두 태워라
먹구름아 막지 마라
강풍아 더 세게 불어라
악의 씨앗까지 모두 훨훨 태워라

허공의 검은 죄업들
날마다 태우고 쓸어도 끝없어
오늘도 저 용광로가 꺼지지 못하는 것은
인간의 죄업이 너무 많아
하늘의 애哀가 더 타고 있어

# 눈 오는 날

온 세상 소리 없이 쌓이는 하얀 사연들
허공에 무수히 날아다니다가
검은 빈틈 한점 어디에도 없이
달리는 가로수 흑백 동양화의 길
바람도 조용히 지켜보는 쌀가루 풍년

옹기종기 모여 앉은 새하얀 지붕들
그냥 제자리에서 모두가 공평해
누가 더 높은지 잴 필요도 없어
한 곳에 모은 동장군의 작품이라
모두 흠집 한 곳 없는 풍년 그림

속절없이 눈 속에 갇힌 사람들
억지로 편안해진 하얀 하루
어디서 군고구마 타는 냄새에
식구들의 행복 소리 넘쳐나
모처럼 평화스러운 하얀 지구촌

# 바니산 가는 길

하늘엔 시샘하는 비만 계속 내리고
우기 속 뚫어가는 사람들
비오니 비단잉어만 좋아라 번뜩이고
빗물 받는 푸른 이끼 방울방울 정겹네
대자연에 인간이 함께하는 아름다운 세상

떨어지는 낙숫물 하나하나에도
급할 것 하나 없는
인간보다 여유로운 행복이 한가득
지구촌의 자연은 어디든 아름다워라

행복 충만한 중생들
비 오니 잉어도 길손 따라 줄줄이 모여들어
누구든 반기는 이 아름다움
비 맞는 저 물줄기도 신이 나
제도 모르게 길게 늘어뜨려 춤추는 곡예술


* 바니산 : 베트남 남부에 있는 산으로 관광지로 개발한 자연의 보
  고 (해발 1427m)

# 바니산의 모험

정글 위를 뛰어가는 케이블카
벌써 태풍 선발대가 다가와 흔든다
키 큰 나무들 사이로
구름이 재빠르게 스쳐가고
그냥 일기예보만 믿고 가는 위험한 길

허공 생명줄에 겨우 매달려 흔들릴 때
지난 우리 인생길도 이랬을까
한 치 앞도 모르는 무모한 짓
몇천 길 낭떠러지에 걸쳐진 수풀들
저러고도 살아가는 행운아들아

저 높은 허공에 정상이라니
가까이 갈수록 신기해와
자연과 대화도 못하는 무지한 인간들
무리한 현실에서 행운을 빌 뿐
이러고도 자연을 탓하겠지


* 바니산 : 베트남 남부에 있는 산 (해발 1427m)

# 바위의 기도

허공이 어두우니 검은 세상인가
언제부터 하늘 향해 두 손 모은 바위야
현세가 얼마나 어렵길래
오늘도 곧은 자세로 저토록 간절할까

온갖 죄업으로 혼탁해진 어지러운 현실
이유도 모른 채 아우성치는 생명들아
무더운 날 폭우 폭염이 그토록 해코지해도
이 어려움만 할까

혼탁한 허공 난간에 겨우 기대어
아무리 위태위태해도
염원하는 올곧은 자세로
내 소원 이루어지는 날까지
이대로 기도하리라

# 불사초의不死草 집념

종일 비 맞는 낙엽은
세찬 바람이 급하게 날리려 해도
절대 꿈쩍 않는 눈물 젖은 이파리
이젠 내 뜻대로 안착해도 되겠어

찬 서리 맞아 온몸 떨고 있는 잡초야
이 겨울 죽지 못해 살아 있는가
비 맞는 오늘은
아무도 우릴 괴롭힐 자 없어

겨울비 그치면 눈 이불로 덮어올 것
저 동장군 아무리 힘겹게 굴어도
원래 내공하는 생명이라
우린 죽어도 죽지 않는 불사초다

# 삼수갑산아三水甲山

꿈속의 삼수갑산이 눈앞에 있네
언제부터 저렇게 어울려 환상인가
桂林에 꼭꼭 숨겨놓은 조용한 천상아
오래 기다린 원망에도 퉁도 아니 놓네

파도 잠든 맑은 물속
십이만 봉우리 이강에 볼록볼록 띄워
종일 여의봉 찾다가
피곤함도 지쳐 그냥 달그림자에 묻힌다

달도 이강도 모두 옛 인데
물에 뜬 조각달에 반해
술맛은 영 아니네
달아 어쩌면 좋으냐


* 이강 : 중국 계림에 있는 강으로 장족의 뗏목과 가마우지로 하여
　금 원시적 수렵생활 함

# 송비산에는

송비산 오월 녹음 잘 익어갈 때
길가에 늘어진 그늘도 자꾸 두꺼워져 가
작은 손바닥 벌려 햇볕 모으는데
뚫어진 빈 공간 속으로 긴 직선 그어
희뿌연 연기선율이 모락모락 피어올라

고요한 숲 속
기침 하나 없는 원시림 숨소리
인간의 옛 넋이 이런가
즐거움 보다 음침함에 두려운데
내 입김이 저 선율 타고 모락모락 날아가

산새 소리도 들리지 않고
간밤의 산돼지 다녀갔는지
헤쳐진 땅바닥만 입을 헤 벌린 채
그 입 다물지 못하고
고요 속 원망 소리만 새어 나온다


* 송비산 : 경남 사천시 곤명면 정곡리 (해발 243m) 바람터널 둘레
  길이 있다

# 수목원의 꿈

지구가 태어난 후
많은 생명 탄생 간직해 온 비밀 서랍
태초의 중대한 역사가
이곳에서 조용히 숨 쉬고 있다

생명체의 원조
21세기 인간들 무리한 극치를 보고
옛 조상들은 지구 뒤로 돌아앉아
엄중하게 꾸짖고 있는데

인간들아 제발 정신 좀 차려라
더 이상은 안 돼
자꾸 파괴되는 네 자리를 봐라
옛것은 하나도 없다
수목원에서만 볼 수 있으니


* 경남수목원 : 경남 진주시 이반성면 수목원로 386에 있는 자연 박
  물관

# 신록의 꿈

송비산 푸른 녹음은
허공에 뜬 희뿌연 황사 잠재워가
감히 여기가 어디라고 빨가벗고 왔어
햇볕에 피어오르는 신록의 입김에
사라져 가는 황사

길모퉁이 뙤약볕 만나면
천년의 낙엽은 말없이 점잖은 데
가지마다 펄럭이는 오월 이파리는
전쟁을 하는지 참으로 시끄럽다

창공을 맑게 하는 녹음 향기
온종일 고생해도 끝없어
봄바람아 지체 말고 밀어붙여라
멋진 신록으로 웃을 때까지


* 송비산 : 경남 사천시 곤명면 정곡리에 있는 산 (해발243m) 임도
  는 바람터널 둘레길로 유명하다

# 신선의 득도

칠순 모임 다가오는 날
벌써 마음부터 아름답고 평온해 와
이젠 자화자찬은 부끄럽지도 않아
어린 시절 이야기에 해맑아지는 철부지들

불심 가득한 삼밀사 편백숲에서
칠순의 노독을 모두 열어보니
죄업들로 가득 쌓여 있어
짙은 안개구름이 애써 벗겨갈 때
노승의 염불 소리 더욱 높아가

크고 작은 아픔 씻고
운무 속 헤쳐온 새로운 현실
온전히 맑아진 어린 인생
이제는 거짓도 없는 바보가 더 좋아
가만히 있어도 날아갈 듯 신선도 이럴까


* 삼밀사 : 경남 창원시 진해구 장복산길 56-42 장복산에 있는 사
  찰 동백꽃, 편백치유의 숲 있다

# 여린 이파리

4월 봄비 잦으니
연한 이파리 부드러운데
뒤집어도 더욱 빛나는 봄 손바닥
맑고 순진한 여린 손 손

순수한 사랑 소리 들려
말없이 가깝게 들리는 듯
조심조심 수줍은 내 사랑
하얀 살결 언덕에 비벼 놀아
바람 없어도 조용히 떨리는 고운 손

비 개인 날엔
어찌 이토록 맑고 고운 빛일까
내 입술보다 더 부드러워라
은은한 녹색 향에 잠들고 싶어라
4월 봄비 아니어도 이럴까

# 외로운 의자

종일 햇볕이 놀아 따뜻해진 긴 의자
길손들 앉으라고 조용히 기다리는데
해 넘어가면 금방 식는 이 안타까움
날마다 빈자리로 외로우니
혹시 오늘은 누가 찾아오려나

초봄에 살짝 내미는 녹색 향기
낮은 구름꼬리
살짝 스쳐만 가도 반가운데
이토록 우울해서 살겠나
내 의자에 단 한 번이라도 앉아 줄 이 없나

나는 처음부터 빈 의자였던가
모두가 앉아보지도 않고 그냥 떠나가네
차라리 훨훨 날아다니는
저 새가 부러워

# 용천의龍天 길

창공은 신선한 왕산 에워싼 채
힘찬 물줄기 길게 치솟고 있어
용의 긴 꼬린가 마지막 꿈틀거림이 예술이라
멀리서 먹구름이 몰려들더니
순간 온 세상 캄캄하게 눈을 감긴다

높은 지리산이 지켜보고
마치 옥동자를 하늘에 출산하듯
천하가 흔들리고 용암이 분출하는지
하늘도 바람도
모두 조용히 숨죽여 지켜보고 있다

순간 지각이 크게 흔들려
큰 물줄기 하늘 뚫어 높이 숫을 때
갑갑했던 숨통이 확 트여
번개 창칼 맞부딪치는 천둥 쇳소리에
눈 깜짝할 새 숨었던 용이 날쌔게 올라가

* 왕산 : 경남 산청군 금서면에 있는 산으로 가락국 10대왕 전구형
  왕릉이 있다 (해발925.6m)

# 인생 역 광장

먼 지구촌 높은 자락의 신도시
소문 듣고 마구 달려간 행운아들
각자 효행을 몇 대로 쌓았길래
이 높은 하늘 속 자연촌 있네


우주도 잠깐 쉬었다 가는 인생 정거장
지금껏 살아온 노독을 모두 비우라며
편안하게 모셔 위로해 주는 예절까지
미래 인생이 잘 못 되었거든
늦었어도 빨리 목표를 수정하라네


걸을 수 있을 때 맘껏 즐기시라
오늘이 그날인가
높은 구름 속 마셔보는 색다른 자연의 멋
우리 행운아들 할 말 잃고
찾은 행복에 붕 떠 있어


* 바니산 : 베트남의 고산지대에 새로운 도시를 건설해놓은 자연속
　의 도시

# 인생 연륜

인생 고희야
네 삶이 화려했다고 웃지 마라
어려운 고비 많았다고 억울할 것 없다
칠순 안개 걷히면 모든 연륜이 드러날 것
이 모두 지나간 인생의 흔적인 것을

이제야 알 것 같아
모두 옛날로 돌아가고 싶어
세월을 뒤엎어 되돌릴 수 있을까
한 세상 군림한 자 누군가
밑바닥에서 울어온 자는

서로 속이고 속인 경쟁 속의 세월아
어려운 인생사에 얼마나 매달렸나
그 세월 평생 괴롭힐 것 같았는데
칠순의 연륜으로 빛나는 걸 보니
내공의 세월이 너무도 길었어

# 장복산의 운무雲霧

불심이 가득한 깊은 계곡에
아름다운 운무가 자욱이 펼치고
확 트인 앞바다에는
작은 어선들이 점점이 모여 소곤소곤
잔잔한 물결 따라 평화가 일렁인다

남극에서 불어온 바람에 편백 향기 날리고
고승의 염불이 산천에 울려 퍼질 때
고달픈 인생 잠시 달래지는 시각
무거운 고통 모두 벗어
가볍게 살아라 염불 소리 높다

바다 향한 유자 변곡점에
남극에서 불어온 첫 불경 소식 접하니
만 불 상들 일제히 일어나 정중히 합장하고
소리 없는 합동 염불소리
중생의 많은 업장 삭혀 간다


* 장복산 : 경남 창원시 진해구 여좌동에 있는 산(해발 582m), 삼밀
 사, 대광사, 장흥사가 있다

# 적송에赤松 부는 바람

아침 햇살 머금은 붉은 소나무 다리
매끄러운 건강미
가만히 있어도 혈색이 좋은데
꿈속에서 빛나는 순수한 다릴까

짙푸른 하늘은 오월을 익혀가고
살찐 솔잎은 돗바늘 곧추세워
바람 긁어 솔 휘파람 낼 준비해
날 함부로 손대지 마라 엄포

매끈한 긴 다리 고운 살결에
손대면 붉은 피라도 비칠 듯
입술 닿으면 간지러워 당장 넘어질까
봄바람아 불지 마라
나 부끄러워도 가릴 것이 없어


* 적송赤松 : 붉은 소나무를 이른다

# 절벽에 핀 꽃

허공에 걸친 난관 벽지에 피어난 꽃
아래는 절대로 보지 마라 떨고 있는 오금아
비바람아 만지지 마라
허공도 모르게 살짝 피어난 멋쟁이 꽃

심성이 얼마나 착하길래
넓은 창공은 온몸으로 받쳐 들고
흰 구름은 포근히 감싸 안아
혹 꽃 살결이 다칠까
부드러운 입술로도 만지지도 못해

세상은 참으로 아름다워라
소리 없는 아름다운 메시지 한 줄 알리고 있어
절벽에 피어난 넋 불안에 떨지 마라
안개야 꼭 붙들어라
어지러움도 겁이 나 도망가고
세상 시선 다 모여 천년 탄생 축하하네

# 죄업 씻는 송비산

높은 산 하얗게 덮어쓴 눈
모처럼 새하얀 맑은 빛 넋이라
청량한 은빛 살결
밤새 어떤 선녀가 이토록 덮어 놨어

첫 발자국 찍은 노루도
정상의 신성함을 알고
무례함을 범할 수 없어 둘러 가고
산신도 바라만 보는 이 신비함
자신이 이렇게 아름다울 줄이야

무거운 눈 힘껏 짊어진 소나무
지은 죄업이 하도 많아 이렇게 굽었다고
스스로 죄업 청하는데
무지한 인간은 아직도 죄지은 줄 모르고
저 소나무만 불쌍하다네


* 송비산 : 경남 사천시 곤명면 송림리에 있는 산 (해발 243m)

# 지리산 품

한반도 제일 높은 산봉우리
골짝마다 깊이 파인 계곡 젖줄
언제나 아래로 보내 생명 줄 모성애
어머님 품성에 볼수록 고개 숙여진다

올곧은 긴 능선 탄 백두대간
움푹 파인 산골짝마다
민족의 혼이 배여 나
한반도에 큰 날 리 날 때마다
백성부터 먼저 챙겨 온 어머님 품

적군도 내 백성
모두 내 품으로 들어오라
누가 이기면 무엇하나
언제부턴가 총칼 없는 싸움박질이라
이제 그만해라
내 말 안 듣는 너는 어느 나라 짐승인가


* 지리산 : 한반도 높은 산(1915m)으로 3개도 5개 시군으로 걸쳐져
  민족의 혼란 때마다 모두 숨겨준 산

# 칠선계곡에는


저 태양은 폭염 낳는 주범이라
온 세상 팥죽 쑤고도 성미가 차지 않아
제 흘린 땀에 눈 한번 떠 지 못하면서
찜통 속 초복을 한껏 끓이고 있다


달아오른 무더위는 지각을 녹이면서도
깊은 계곡에는 들어가지 못하고
청량한 골바람에 쫓겨나
저래도 악명 높다 하는가


칠선계곡의 일곱 선녀
치맛바람으로 밤새껏 청정 바람 불러
계곡에 깔았으니
달아오른 가마솥 불볕더위는 접근 못 해
지리산 16 봉우리 모두 일어나 박수 소리 높다


* 칠선계곡 : 경남 함양군 마천면 추성리 일대에 있는 지리산골짜기로
  한국의 3대 계곡중 하나(설악산 천불동, 한라산 탐라, 지리산 칠선)

# 커피 냄새

산마루 둘러쓴 짙은 녹음 속
이른 유월이 폭염을 끌어왔는지
무더위 맛을 내뱉고 있다
바람도 겁나는지 그냥 달아나고
벌써 무더운 허공을 녹인다

산새도 나직이 숨어들고
깊은 숲 속 이파리 하나 꼼짝 않는 바람아
막 도착한 폭염 한 점이
아직 준비 못 한 생명한테 괴롭히기 시작해

아까부터 먼 산 뻐꾸기 목놓아 울건만
아무도 관심 없고
사람들은 갓 볶아낸 냉커피만 찾으니
무더위도 커피 향이 싫지는 않은지
긴 줄 끝자락에 선다

# 피서길 커피길

냉커피 한 컵 받아 들고
나무 그늘을 생각하니
벌써 시원함이 전신을 적셔온다
달아오른 붉은 노독은 천지도 모르고
배고픈 폭염의 혀는 날름거리는데

뜨겁게 달아오른 몸
커피일지
시원한 그늘일지
땀 닦으려 찾아든 이 그늘에
구수한 커피 향에 절로 열이 녹는다

그늘에 먼저 닿아
아직 시원한 커피 맛은 보지 않았는데
그늘이면 어떻고
커피면 어떤가
몸 하나 식히는데 둘 다 필요한 것을

# 화성火星 생각

4억 년 커온 우주 속 녹색 지대
거대한 지구촌 하나
이 땅의 주인은 인간일까


해도 큰 먹구름에 갇히니 생명들의 아우성이고
언제부턴가 인간이 저지른 소용돌이에
지구촌 어딜 가도 어지럽고 혼란해
이대로 얼마 더 갈까
지구 밖 화성火星은 무슨 생각할까


온 하늘에 붉은 노을로 데우고
은하수로 깨끗이 씻으니
지구촌에 오로라가 찾아들고
여명이 다가와 혼잡하던 어둠을 걷어가네

# 꽃보다 그림자

2026년  4월 15일  초판 1쇄 인쇄 발행

| **지은이** | 최인락 |
| **펴낸이** | 박종래 |
| **펴낸곳** | 도서출판 명성서림 |

| **등록번호** | 301-2014-013 |
| **주소** | 04625 서울시 중구 필동로 6 (2, 3층) |
| **대표전화** | 02)2277-2800 |
| **팩스** | 02)2277-8945 |
| **이메일** | msprint8944@naver.com |

**값** 13,000원
**ISBN** 979-11-7439-115-5